ダッシュエックス文庫

JN178267

カンピオーネ!
XXI　最後の戦い

文月 城

Campione Character Profile

カンピオーネ！登場人物紹介

草薙護堂《くさなぎごどう》

高校1年生。軍神ウルスラグナの権能を有するカンピオーネ。自らを真面目・普通と評するが、周囲の評価は異なる模様。

エリカ・ブランデッリ

《赤銅黒十字》の魔術師。自称、護堂の「愛人」。周囲がたじろぐほど護堂に積極的にアプローチする。

リリアナ・クラニチャール

《青銅黒十字》の魔女。剣の妖精。護堂に仕える「騎士」を自任する少女。

万里谷祐理《まりやゆり》

霊視の力を持つ媛巫女。護堂の「正妻」と称される。護堂とは非常に息が合う様子。

清秋院恵那《せいしゅういんえな》

当代随一と称される「太刀の媛巫女」。護堂の「剣」として侍る。

Introduction

これまでのあらすじ

神を殺し、その権能《けんのう》を簒奪《さんだつ》したカンピオーネとなって以来、
まつろわぬ神々や各国のカンピオーネと戦いを繰り広げてきた草薙護堂。
戦いの中で護堂は、神殺しを殺す力をもつ『最後の王』の存在を知る。
『最後の王』の復活阻止に画策するも一歩及ばずこれを許し、
護堂はその力に圧倒される。しかし切り札である『最後の王』の真の名
ラーマを突き止め、辛勝した。だが、カンピオーネが存在する限り
ラーマは何度でも甦り、カンピオーネの数だけ強くなるという。
これを受け、ラーマと戦う最後の一人を決めるべく内戦を開始した
7人のカンピオーネたち。羅濠《らごう》とヴォバンの同盟に強襲された護堂は、
その窮地を救ったドニと手を組み、さらにアイーシャ夫人を味方に
つけて全カンピオーネを『妖精の通廊』に引き込むことに成功する。
そしてこれまでの戦いの中でもっとも苛烈な激戦を制し、
カンピオーネ最後の一人となるのだった――。
かくしてカンピオーネ・草薙護堂は、最後の戦いに臨む……。

カンピオーネ!
Campione

第1章　残されし者たちの戦い

1

かくのごとく魔王内戦は終わり——

この世の最後を巡る戦いがいよいよはじまろうとしていた。

アストラル界の果てである。

緑の草原に建てられた古代ギリシア様式の神殿。ただし、激しい戦闘のあおりを受け、屋根や柱はほとんど崩壊してしまっている。

そのすぐそばで——

草薙《くさなぎ》護堂《ごどう》は白猿神《はくえんしん》ハヌマーンと、彼の持つ《救世《きゅうせい》の神刀《しんとう》》と対峙《たいじ》していた。

「その剣のなかに、俺の知ってる顔が見えるな」

「ふふふふ。勘ちがいはせぬように。この御方はラーマ太子にあらず。弟君のラクシュマナ殿下である」

「知ってるよ。前にも会った」

ほくそ笑むハヌマーンに、護堂は短く答えた。

刃渡り一メートルはあろう神刀。刀身には無垢《むく》なる輝きが宿っている。その刃《やいば》の燦《きら》めきのなかに、美青年の顔が浮かびあがっていた。

英雄ラーマと瓜二《うりふた》つ。肌は褐色《かっしょく》。そして禍々《まがまが》しい凶相の主《ぬし》。

神刀の刃のなかで、ラクシュマナの顔は護堂を険《けわ》しくにらみつけていた。

隠しようもないほどの憎悪。その念が神刀を腐らせたかのように、刀身のなかばから鍔元《つばもと》にまで黒い染《し》みが広がっていた……。

しかも、神刀に浮かぶラクシュマナ王子の顔が叫ぶ。

「死ね、草薙護堂！」

その表情の邪悪さは、清廉《せいれん》なる兄と似ても似つかない。

まつろわぬ神特有の〝歪《ゆが》み〟を、弟が全て引き受けたからこその相違では――。そう推測しながら、護堂は無造作に右手を突き出した。

ガキィイィインッ！　鋼《はがね》と鋼がぶつかり、甲高《かんだか》い金属音を生んだ。

「なんと!?」

ハヌマーンが驚愕《きょうがく》していた。

白猿神の振るった神刀、護堂の突き出した右手——その掌《てのひら》がしっかりと受け止め、しかも今の金属音まで響かせたからである。

「悪いな。俺の右手にはこいつが仕込んであるんだ」

右手の甲で救世の神刀を払いのけながら、護堂はうそぶいた。

その瞬間も甲高い金属音が『キン!』と鳴りひびく。今、草薙護堂の右腕はラーマの神刀にも匹敵する硬度を得ていたのである。

そして、護堂の右手に——神刀・天叢雲剣《あまのむらくものつるぎ》が忽然《こつぜん》と顕《あらわ》れた。

これをにぎりしめて、ハヌマーンを見つめる。

「チャンバラは趣味じゃないけどな。つきあってやってもいいぞ」

「よく言った、神殺しよ!」

神速《しんそく》と機敏さを誇る軍神が——主《あるじ》の剣を立てつづけに振るう。

右から一斬《いちざん》。左から一斬。ジャンプして脳天へ。落下中に五段突き。着地して四つん這《ば》いになりながら脛狙《すねねら》いの斬撃——

キン、キン、キン、キン、キン、キン、キン、キン、キン、キン!

護堂は全て天叢雲剣《あまのむらくものつるぎ》で払いのけた。

どんな名剣士にも見劣りしない、自然でなめらかな剣さばきだった。

剣術を覚えたわけではない。日本最高峰の神刀はもともと草薙護堂の右腕を『鞘《さや》』としている。ならば、右腕の延長だとも言えないか？

そう気づいた瞬間、剣を自在にあつかえるように感じたのである。

あとはかんたんだった。意志を持つ刃である天叢雲剣《あまのむらくものつるぎ》に右腕をはじめとする五体のコントロールをまかせて――

「みごとなり、草薙護堂！　我が刀術《とうじゅつ》にも隙《すき》を見せぬとは！」

四つん這いから立ちあがり、ハヌマーンは賞賛する。

護堂は軽く受け流した。

「俺の手柄《てがら》じゃないから誉《ほ》めなくてもいいぞ。それにやっぱり、剣だの刀だのは好きになれないな。こういうのは性《しょう》に合わない」

だから、右手の刃に念を送る。あれを仕掛けるぞと。

「天叢雲《あまのむらくも》！　キルケーにもらった智恵で、黒い剱《つるぎ》の鍵《かぎ》をはずせ！」

指令の言霊《ことだま》と共に、天叢雲剣《あまのむらくものつるぎ》をさっと振る。

敵を斬るためではない。白猿神のかまえた神刀にぶつけるためだった。

きぃぃん！　剣と剣の衝突音。護堂は天叢雲剣《あまのむらくものつるぎ》を大きく横に払う。日本国の神刀は救世の神刀を――磁石のように吸いつけていた。

「おお!?」

ハヌマーンがふたたび瞠目《どうもく》した。

白い毛皮におおわれた彼の手から、救世の神刀が離れたのである。

天叢雲剣《あまのむらくものつるぎ》の見せた〝吸引力〟にハヌマーンの握力が負けたのだ。山をも引っこ抜く大力無双の猿神、その剛腕の怪力が——。

秘剣《黒の剱》をほんのすこしだけ発動させる。

古代ガリアでサルバトーレ・ドニに使った小技。あれの再現だった。

護堂は『ぶん！』と天叢雲剣《あまのむらくものつるぎ》を振りながら、吸引力をゼロにした。途端に救世の神刀は遥《はる》か遠くへ飛んでいった。敵は丸腰——

「はははは。残念ながら、武器を奪ったとは言えぬぞ！」

神刀を失った瞬間、ハヌマーンは左の拳打《けんだ》を放ってきた。

その速さ、まさしく閃光。神速の打撃。しかし、護堂もウルスラグナ第七の化身《けしん》『鳳《おおとり》』によって、同じ神速を発動させていた。

顔面へ放たれた白猿神の左ストレート、軽く後方へ跳んで回避。

さらに護堂は天叢雲剣《あまのむらくものつるぎ》を横薙《よこな》ぎに一閃《いっせん》させた。飛んできた白球を強打者のスイングで打ちかえす要領だった。

腕力ではなく、腰の回転と体重移動で威力を生み出す——！

「むうっ！」

存分に胴を薙がれて、ハヌマーンがうめいた。

今の斬撃、草薙護堂がカンピオーネとして過ごした一年の集大成とも言えた。

ウルスラグナ一〇の化身。

天叢雲剣《あまのむらくものつるぎ》。

魔女キルケーと女神アテナが遺《のこ》した秘法《黒の剱》。

持てる権能《けんのう》の全てを十分以上に掌握《しょうあく》できたからこそ可能な、一連の攻防。

だが、護堂は気を抜かない。必殺の一太刀《ひとたち》をハヌマーンに浴びせたとはいえ、その傷口からは一滴の血も流れていないのだから！

「次は何を見せてくれるんだ、ハヌマーン!?」

「このようなものだ！」

黄金の鎖帷子《くさりかたびら》をまとうハヌマーンの胴体。

そこに刻まれた横一文字の刀傷を境にして——白猿神の上半身と下半身がいきなり離ればなれになった！

しかも上半身は空を飛び、護堂の背後に回りこむ。

下半身の方は鞭《むち》のごとく左足をしならせてハイキック。護堂の側頭部を蹴《け》りにきた。

「なんてやつだよ！」

護堂は横に大きく跳んで、前後の挟み撃ちから脱出した。

回避する一瞬だけ神速を発動させたから、瞬間移動さながらである。だがハヌマーンが驚くはずもない。さっと右手をのばす。

「救世の剣よ！」

ラーマの愛刀が飛んできて、ハヌマーンの右手に収まった。

さらに、神猿の上半身と下半身は――同時に神速で動き出した。

上半身は護堂の頭上へと風の速さで飛んで、救世の神刀を振りおろす。下半身はいわゆるドロップキックで真正面から護堂を襲う。

「くそ！」

護堂はふたたび神速を全開にした。

瞬間移動じみたスピードで〝上と下〟の攻撃をすり抜ける。そのまま稲妻のごとき勢いで全力疾走をはじめた。

だが、ハヌマーンの方も同じ速度域で動きまわれる。

上半身は空を飛び、下半身は地を駆けて、護堂の全力疾走についてきた！

「いくら不死身のサルだからって、反則だぞ！」

風神の息子にして、不死身の属性を誇る《鋼の軍神》。

だから上半身と下半身が別れ別れになっても、分離したまま戦闘を続行できる。ハヌマーンのとんでもない隠し芸に、護堂は舌打ちした。

「天叢雲《あまのむらくも》！　俺にも空飛ぶ力をくれ！」

国宝たる神刀は、日本国征服のシンボルだという。

数々の異民族をまつろわせ、彼らの富や民《たみ》、技術や知識を奪い取ってきた。ゆえに天叢雲《あまのむらくもの》剣《つるぎ》は敵の能力をコピーできる。

今回は飛行の力を模倣《もほう》させて、護堂は空へと飛び立った。

「こうなったら、どこまででも逃げるぞ！」

『応《おう》！』

護堂の号令に、天叢雲剣《あまのむらくものつるぎ》が短く応《こた》えた。

ウルスラグナの化身『鳳』によって神速も発動中だから、まさしく稲妻のスピードでアストラル界の空を駆け抜けていった。

しかし、ハヌマーンもしっかり追いかけてくる。

上半身と下半身はふたたび結合し、追い風に乗って天駆《あまか》けながら。

「さすがに、かんたんには見逃してくれないか……」

魔王内戦を終えたばかりの草薙護堂。

あの戦いでウルスラグナの化身は『強風』『戦士』『山羊《やぎ》』『猪《いのしし》』『白馬《はくば》』を使ってしまい、万全な戦力とは言いがたい。

これ以上の戦闘、できれば避けたいところであった。

2

結局、天叢雲剣《あまのむらくものつるぎ》のコピー能力はたいした強さではない。

護堂《ごどう》ひとりを飛行させる程度の力は真似できても、それより上のクラスの能力・権能《けんのう》を模倣《もほう》することなど不可能だった。

だから、空に逃れたのはいいが——それ以上の対策を打てない。

「おまえもしつこいやつだな、ハヌマーン！」

「はははは。ここであなたを逃せば、また追いつめるのに苦労する。弱っている今こそが最高の戦機なのだよ！」

「そりゃそうだけどさ！」

神速《しんそく》の飛翔《ひしょう》で逃げる護堂、追うハヌマーン。

共に天下る稲妻と同等のスピードで空を駆け、すでに地球を二、三周できそうなほどの距離を飛びまわっている。

その間、ずっと風の白猿神《はくえんしん》が後方から追いかけてくるのだ。

カーレースで首位に立ったライバルに、必死に追いつき、抜き去ろうとする二番手の車さながらの猛追であった。

できれば、ハヌマーンに何か攻撃ないし妨害を加えたい。

だが、そのためにアクションを起こそうとすれば、神速の源《みなもと》である『鳳《おおとり》』のコントロールが乱れてしまう。わずかだが速度も落ちるはず。その瞬間に、ハヌマーンは護堂の背中に突っ込んでくるだろう――。

あるいは、風神の息子として大気を操り、護堂を空からたたき落とすか。

「くそ！」

護堂は毒づいた。

とにかく最高速度で逃げる以外の選択肢がない。

そうしている間はハヌマーンも全速飛行に集中することを余儀《よぎ》なくされ、妙な小細工を仕掛けてくる心配はないからだった。

しかし、逃げつづけるだけでは、いつか限界が来る――。

（そろそろアレを試してみるか？）

アストラル界では、念じるだけで〝べつの階層〟に転移できる。

だが、それを器用にこなせるだけの魔導センスとやらが護堂にはないらしい。どこに転移するかもわからないし、ハヌマーンが易々《やすやす》と追いかけてくる可能性もある。

「何かべつの手を考えるか……」

思わずつぶやいたときだった。

耳元で己《おのれ》の名を呼ぶ声に——護堂は気づいた。

(護堂さん!)

そうだった。自分にはたとえ離れていても、心を通わせてくれる仲間がいた。それを思い出した瞬間、即座に叫んでいた。

「頼む、万里谷《まりや》!」

護堂の心に、あるイメージが送られてきた。

すこし前、地上へ帰還した媛巫女《ひめみこ》・万里谷祐理《ゆり》からの贈りものだった。精神感応《かんのう》の霊力を使い、『めざすべき場所』を護堂に伝えてくれたのである。

それをそのまま受け入れて——

護堂の姿は消えていった。


「おお、なんと⁉」

標的をいきなり見失い、ハヌマーンは驚愕《きょうがく》した。

あわてて飛翔を中断。空の一点に静止したまま結跏趺坐《けっかふざ》し、意識を研ぎすます。神殺しの気配を探るがどこにもいない……?

「念じるだけで〝階層〟を移れるのが幽冥界《ゆうめいかい》の理《ことわり》だが。それをああもすばやくこなせる才が草薙《くさなぎ》護堂にあったとは」

あの男ひとりで成《な》し遂《と》げられることではない。

ハヌマーンは首をかしげた。そして、すぐに気持ちを切りかえた。

「彼奴《かやつ》の逃走を許した以上、悔やんでも意味はない。かくなるうえはすこしでも早くラーマ太子の再臨を願い、この世の最後の到来にそなえなくては……」

それこそが己の存在意義なのだから。

風の白猿神ハヌマーン。英雄ラーマチャンドラの家臣にして、実弟ラクシュマナをも超える同伴者であった。


そして、同じ頃の地上では——

「護堂さん、どうにか窮地《きゅうち》を脱しました」

長い精神集中を終えて、万里谷祐理がつぶやいていた。

東京都の千代田区《ちよだ》、三番町《さんばんちょう》。正史編纂《せいしへんさん》委員会の長・沙耶宮《さやのみや》家の別邸だった。その応接間のソファに、祐理は腰かけていたのだ。

「ほかの魔王方との戦いを勝ち抜けて、ラクシュマナ王子と軍神ハヌマーンの攻撃もやりすごして——今はひとまず安全な場所に移っています」

安堵《あんど》のため息のあと、祐理は言った。

巫女装束《しょうぞく》である。アストラル界から帰還して、すぐにここへ来た。今後のことを仲間たちと話し合うためだった。

隣には制服姿の幼なじみ、清秋院恵那《せいしゅういんえな》もいる。

「さすが王様。ばっちり最後の大勝負に持ちこめたんだね！」

恵那はうれしそうに感嘆《かんたん》していた。

「それに、祐理も大手柄《おおてがら》だよ。精神感応の力で王様の心と同調して、状況確認から脱出の道案内までやっちゃうんだから！」

「戦いの結果がどうなるのか、心配でしたから」

祐理も微笑んで、媛巫女仲間とうなずき合った。

七人目のカンピオーネと別れる前――。みんなで彼に《妖精の女王ニアヴ》についての知識を授けるため、口づけを交わした。

そのとき祐理は、精神感応の術もかけておいた。

己の霊気の一部を彼の魂に同化させて、いつでも霊的結合を構築できるように。

「それで祐理」

訊《たず》ねてきたのは、エリカ・ブランデッリだった。

「護堂にはどこのイメージを送ったのかしら？　下手《へた》な隠れ家だと逃走ルートを追跡されて、見つかってしまう危険もありそうだけど」

「軍神ハヌマーンといえば、探索にも長《た》けているはずだからな」

リリアナ・クラニチャールもつぶやく。

紅《あか》と青の双騎士である彼女たちも、当然いっしょだったのだ。

「ラーマ王子のさらわれた妻シーターを探すため、インド各地を飛びまわり、ついに居場所を突き止めた神話の持ち主だぞ？」

「たぶん……大丈夫だと思います」

銀髪の女騎士に祐理は答えた。すると恵那が目を輝かせた。

「その場所のこと、もしかして霊視で視《み》えたとか？」

「いえ。実は地上に帰ってきてすぐ、ある場所に——護堂さんを導けという念がとどいたのです。そこからは自分がどうにかするからと」

「えっ、そうだったの!?」

恵那が目を丸くした。無理もない。全て精神感応による念話《ねんわ》でのやりとりだったので、太刀《たち》の媛巫女でも気づかなくて当然なのだ。

一方、ひとり訳知り顔で、エリカが言った。

「……ここではない遠方の地から念波《ねんぱ》を送って、祐理と直《じか》に交信できる御方。しかも、かなりの事情通。ということは、プリンセスもすこし回復されたのね」

清秋院恵那とリリアナ・クラニチャールが驚く横で、ブランデッリ家の令嬢だけは事情を明かされる前に謎解きしてみせる。

いつもどおりの聡明《そうめい》さに、祐理は微笑んだ。

「はい。エリカさんがご想像なさったとおりの方が教えてくださいました」

「じゃあ、護堂はひとまず放っておいても大丈夫そうね」

「それでエリカさん。その御方——プリンセス・アリスはおっしゃっていました」

納得した様子のエリカへ、祐理は切り出した。

「護堂さんがこれから先、わたしたち地上に帰った者たちの助けを必要とするときが……来るかもしれない。そのときのために準備をしておくようにとも」

「準備ですって？」

怪訝《けげん》そうにエリカが眉をひそめる。

同時にドアが開いた。ふたりの人物が応接間に入ってきた。この別邸の主《あるじ》と、正史編纂委員会のエージェントである。

まず甘粕冬馬《あまかすとうま》がいつもの昼行灯《ひるあんどん》な甘粕節《ぶし》で言った。

「やあ。みなさん、おそろいでしたか」

「すこし厄介《やっかい》な情報をつかみました。いよいよ決戦は近いようです」

男装の麗人・沙耶宮馨《かおる》も珍しくきまじめに言う。

「ラーマチャンドラ復活の兆《きざ》しがあちこちに顕《あらわ》れています。昨日よりも気温が二度も上昇し、日本どころか東アジア全域で火山活動が活発化。海底火山の噴火で太平洋のどまんなかに新しい陸地も誕生しましたし――」

「昔、私と恵那さんで追いかけたやつまで蒸しかえしてますよ」

甘粕のぼやきに、当の恵那が驚いた。

「何それ？　恵那と甘粕さんで、何かしたっけ？」

「ほら。千葉の木更津《きさらづ》で――神祖《しんそ》グィネヴィアに出くわしたときのやつですよ。『后弟橘《きさきおとたちばなの》比売《ひめ》、太刀を抱《いだ》きて海に入り給《たま》ふ』」

「……ああ！」

戦いの舞台はアストラル界。

しかし、地上の方も決して平穏無事とはいかないようだった。

3

「なんだか妙な面子《メンツ》になったような……」

草薙静花《くさなぎしずか》はぼそりとつぶやいた。

新宿歌舞伎町《しんじゆくかぶきちょう》、靖国通《やすくにどお》りのハンバーガーショップである。

隅の席で仏頂面《ぶっちょうづら》の少年と向き合っていた。静花とは同年代、中学生とおぼしき背格好。しかし、彼がまじめに通学する姿、不思議と想像できなかった。

少年──陸鷹化《りくようか》は不機嫌そうに言う。

「まったくだよ。せめて叔父《おじ》──じゃない、あんたの兄貴がいてくれたら、だいぶマシだったんだけどな」

「ふうん、やっぱり」

予想どおりだったので、静花はにやにやと笑う。陸少年はむっとした。

「なんだよ、それ？」

「君、すご－くツンケンしている割に、うちのお兄ちゃんには従順そうだよね？　あ、でも安心して。べつに我が家の兄をダシにして、君と〝おつきあい〟していこうなんて考えてはいないからさ」

「そうしてくれると助かる。まあ、でも」

陸鷹化なる中国人少年は肩をすくめた。

「そういうのはあんたの兄貴──草薙護堂《ごどう》が許さないだろ。俺の名前を勝手に使うな、みたいに。あれできちんと、つきあいとなれ合いの区別をつける人だからな」

「ふうん」

「何だよ？」

「うちのお兄ちゃんのこと、わかってるじゃない」

「まあな。僕は他人に自慢できる特技やコネをいくつも持ってるけど。あんたの兄貴との〝親密さ〟ってやつもそのひとつだ。ああ、ところで。こういう呼び出しは――なるべくひかえてくれよな？」

じろりと、陸鷹化は隣にすわる女子へ目を向けた。

対面《トイメン》にすわる静花ではない。小学校の高学年くらいの少女がいたのである。静花にとっては
茶道部《さどうぶ》の先輩の――妹であった。

万里谷《まりや》ひかりはにっこりと笑い、陸鷹化と向き合う。

「でも陸さん。せっかく静花さんが――私たちとおしゃべりしたいって、言ってくださったん
ですから。ちょっとくらいいいじゃないですか」

「だったら、おまえたちふたり、女だけでだらだらしゃべればいいだろ」

かわいらしい歳下少女の主張にも、陸鷹化は冷淡だった。

実は一時間ほど前――

ここ新宿の道端《みちばた》で、静花はばったり万里谷ひかり嬢と出会ったのである。

偶然だった。前に顔を合わせたのは一度だけ。去年のクリスマス、草薙家で催《もよお》されたパーテ
ィーの席でだ。

万里谷ひかりはなかなか〝できた〟小学生だった。

『おひさしぶりです。この間、クリスマスのときはお世話になりました。私、万里谷祐理《ゆり》の妹
のひかりです。覚えてますか？』

静花が何か言う前に、まず自分からあいさつしてきたのである。

にっこり笑って、ぺこりと頭まで下げて。

中学三年生の割に、自分はしっかりした方——。静花にはそういう自覚がある。だが、万里谷ひかりも負けず劣らずのようだった。

浮き世離れしたお嬢さまの姉・祐理先輩とは好対照だった。

そして、ちょっとその辺でおしゃべりでもとハンバーガーショップに入り、クリスマスのときの話となって、ふと静花は言ったのだ。

『そういえばあのとき、ひとりだけ男の子が交じってたっけ。この間、あの子ともばったり会って、ちょっとだけ話をしたんだけど……すぐにいなくなったのよね』

『陸さんですか？　私、あの人の連絡先を知ってますよ』

と、ひかりが携帯電話を取りだしたのである。

しかも、いたずらっぽく微笑んで、こう提案するおまけ付きで。

『ちょっと呼び出してみましょう。私からお兄さまの名前を出せば、あまり邪険な対応はされないと思います』

かくして三〇分後。新宿のどこかが住居だという中国人少年、ぶすっとした顔での合流となったのだった。

ハンバーガーショップの隅っこで、陸鷹化は不愉快そうに言う。

「大体だな。どこで僕の電話番号を知ったんだ？」

にこにこ笑う万里谷ひかりへの文句だった。

「おまえの姉貴とは多少の縁があるけど、番号の交換なんざしていないぞ」

「ふふふふ。実はエリカさんから教わりました」

「あの姐《ねえ》さんが流出源か。くそ。気やすくバラしてくれるよな」

「だって、知ってた方がいいことですから」

にこにこ愛想のよさを崩さず、ひかりは続けた。

「万一、緊急事態が起きたときとか、かんたんに落ち合えるじゃないですか。特に今は——いろいろ物騒なときですし」

「ちっ」

小学生ながら、ひかりの言い分の方が正論に聞こえる。

陸鷹化は舌打ちして、しかめ面《つら》をした。

この少年、なんとなく想像はついていたが、やはり相当の問題児であるようだ。一方、祐理先輩の妹はずいぶんとできた子だ。

とはいえ、おもしろ半分に陸少年を呼びつけるあたり、ただのいい子ではない。

実はかなりのいたずら心を隠し持っているのでは？　そう疑いながら、静花はおもむろに話題を変えた。

「物騒といえばさ。何日か前、この辺ですごい騒ぎがあったんでしょう？　ほら、危ない伝染病の菌がばらまかれたとかで——」

「……あ、はい。そういえば、そうでしたね」

「たしか、今も新宿御苑《ぎょえん》が封鎖《ふうさ》されてるんだよね？」

「御苑だけじゃないぜ。その近隣一帯もだ。まあ、よほど性格に問題のある人間がしでかしたんだろうよ」

ひかりはなぜか一拍《いっぱく》遅れで相づちを打ち、陸鷹化はなぜか満足そうに言う。

「そんな極悪人には天誅《てんちゅう》でも降《くだ》ればいい——あ、いや。もう降ったようなもんか」

「えっ？　犯人、もうつかまったの？」

初耳のニュースに静花は驚いた。

すると陸少年、ここでいきなり身を乗り出した。今までずっとつまらなそうにすわっていたのがうそのように——すばやい変わり身だった。

にやっと笑いながら、彼は言う。

「つかまっちゃいないけど、主犯格のふたりは日本から追い出されたみたいだ。殺してもただでは死にそうにない連中をよくそこまで持っていったもんだよ」

感に堪《た》えないという口ぶりであった。

しかも、ぼそりと「さすがおじうえだ」とかつぶやいている。見れば陸鷹化、満腹した猫のように目を細めていた。

今のつぶやき、よく聞こえなかったので静花は首をかしげた。

どういう意味か訊《き》こうとしたら、その前に陸鷹化はしみじみと言った。

「せっかく手に入れた平和と自由、大切にしなくちゃな。いつまで続くかもわからないし、せいぜい羽をのばしておこう」

「平和はともかく、自由って？」

「いい、いい。気にしないでくれ。こっちの事情だ」

いぶかしんだ静花へ、陸鷹化がやけに機嫌よく答えたとき。

着信音が聞こえた。テーブルのはじにある静花のスマホからだった。

「まあた、このメールか。ほんと、今朝からしつこいな」

「どうかしたんですか、静花さん？」

「迷惑メール……ってやつ？　今日だけでもう四回目。しかも、全部おんなじ内容。さすがにいらいらしてきちゃった」

ひかりに訊かれて、静花は憤然《ふんぜん》と訴えた。

スマホの画面も見せる。メールの文面が表示されている。

『伝説の勇者、まもなく復活します♪＃＆！　地上救済の剣を持つ彼、七人目の魔王を退治するため、堂々出現の予定です＊＋？・！』

意外なことに――

メールを見た陸鷹化とひかり、共に真剣な顔つきになった。

「……僕のところにも、似たようなやつが来てたな」

「……私にもです。魔王殺しの勇者が復活する、その人は救世《きゅうせい》の神刀《しんとう》を持っている――内容もそっくりそのまま同じでした」

ふたりはちらりと目配せを交わしていた。

支離滅裂《しりめつれつ》なスパムメール。しかし、草薙静花の新しい友人たちは、その文面にシリアスな問題を見出《みいだ》しているようだった。

数カ月前――。

関東地方の一部でこのような伝承《でんしょう》が語られそうになった。

『后弟　橘　比売《きさきおとたちばなのひめ》、太刀《たち》を抱《いだ》きて海に入り給《たま》ふ。其《そ》の太刀の流れし先は陸《おか》にあらず、海にもあらざる処《ところ》にて、浮島《うきしま》といふなり』。

聖なる刀と、持ち主についての物語。

昼行灯《ひるあんどん》のエージェント・甘粕冬馬《あまかすとうま》はこう語った。

『正史編纂《せいしへんさん》委員会とその前身であった組織は、何百年もこの伝承を闇《やみ》に葬ってきました』

『伝える人々がいれば記憶から消し、書き記した史書があれば改竄《かいざん》して』

『でも、ダメなんです。何十年か経《た》つと、また誰かが同じことを伝え出すんですよ。まるで、何者かがその言い伝えをひそかに教えているように』

救世の神刀――。

あの刀とラーマ王子が引き起こす異変のひとつであった。

そして今回も同種の現象が起きた。伝説の刀と勇者について記したスパムメール――実は日本中の携帯電話にくりかえし送信されていたのである。

日本国の某所に眠る神秘が――己《おのれ》の存在と健在をひっそり示すために。

伝説の勇者がまもなく復活を遂《と》げる。

その兆候《ちょうこう》となる現象であった。

4

階層転移によって、護堂《ごどう》はついにハヌマーンの追撃を振り切った。

今、護堂の目の前にはひたすら灰色の空間が広がっている。地面すらない。灰色の空間にただ浮いているだけ。

地平線も水平線も存在しない、虚無的な空間であった。

「ずいぶんと殺風景な場所だな」

ぼそりと護堂はつぶやいて、この旅の導き手に問うた。

「それで万里谷《まりや》。俺はこれから、どっちへ向かえばいいんだ？」

頼もしい媛巫女《ひめみこ》からの返事はなかった。

護堂はいぶかしんだ。万里谷祐理《ゆり》の霊力・精神感応《かんのう》によるテレパシーめいた交信、すでに何度も経験している。

その最中にはいつも、祐理の気配を身近に感じていた。

しかし現在、彼女と己《おのれ》の精神が結合しているときの安心感めいたものを——一切感じることができない。どうしたというのだ？

「草薙《くさなぎ》さま」

いきなり知人の声を聞いて、護堂は驚いた。

すぐ隣にいつのまにかプリンセス・アリスが現れていた。上品な桜色のワンピースにショールを合わせた格好だ。護堂はすぐに察した。

「アリスさん、いつものあれ——霊体離脱の力で来てくれたんですか？」

「はい。ラーマ王子の顕現《けんげん》で弱った体も、だいぶ回復してまいりましたし……ここからは祐理に代わって、わたくしが案内役となります」

欧州屈指《おうしゅうくっし》の名家につらなる『姫』は上品に微笑んでいた。

「実を言うと、わたくしが祐理に頼んだのです。草薙さまをこちらに転移させてほしいと。この先に是非《ぜひ》――お目にかけたいものがあるからと」

「俺に、ですか？」

「はい。もしかしたら必要ないことかもしれませんが――一応、『最後の王』を操る黒幕のいる場所のことを……お知らせしておこうかと」

「黒幕!?」

護堂は驚いてから、すぐに気づいた。

そういえば、今まで何度も耳にしていたではないか。

「あいつに魔王殲滅《せんめつ》の運命を託《たく》した張本人って、意味ですね？」

「さすが草薙さま。お察しのとおりです。ご覧いただきたいものとはすなわち――運命神のしろしめす領域にほかなりません」

プリンセス・アリスはおごそかに言った。

運命神！　その単語を聞かされて、護堂は奇妙な感慨《かんがい》を味わった。

「そうか――。神様であるラーマに『魔王殺しの運命』を押しつけられるほどのやつなんだから、運命神なんてたいそうな肩書きでもおかしくないのか……」

「はい。おっしゃるとおりです」

「でもすごいですね、アリスさん。そんなことまでわかるなんて」

英国の首都ロンドンに本拠地を置く、賢人議会《けんじんぎかい》。

その元議長にして、『白き巫女姫』なる異名を持つという。

世界最高峰の霊力者。自身に似た資質を持つ万里谷祐理に霊力の手ほどきを行い、その潜在能力を大きく開花させた——。

プリンセス・アリスの異才ぶりを護堂は再確認した思いだったのだが。

当人はくすりと微笑んで、いたずらっぽく言った。

「白状すると、わたくしも一時間前までは存じ上げませんでした」

「えっ？　じゃあ、どうして今はわかるんですか？」

「これでも地上を代表する巫女……ということになっていますからね。アストラル界にもしょっちゅう来ておりますし、知人もおります。そうした方々のひとりがさきほど指南《しなん》してくださったのです」

「なるほど」

護堂もアストラル界の妖精王たちと対面したばかりである。

同じような立場の識者《しきしゃ》がプリンセスの耳にささやいたのだろう。そして、そうした存在にも見込まれるほど、やはり、この姫君は傑出《けっしゅつ》した逸材《いつざい》なのだ。

「じゃあアリスさん」

護堂はうら若き貴婦人をじっと見つめた。

「俺を運命神の領域ってやつに、連れていってください」

「残念ながら、それはできません」

「えっ？」

「わたくしごときの力では足を踏み入れることのかなわない――聖域なのです。神ならざる存在でそこに侵入できる者がいるとすれば、おそらく神殺しの魔王のみ……」

「…………」

「草薙さま。カンピオーネであるあなたなら、その領域がいかなる場所かを見とおすことも可能なはずです。そのためにここまでお連れしました」

プリンセス・アリスは身振りで周囲の空間を指し示した。

全てが灰色で満たされている。あくまで人間的感性しか持たない草薙護堂には、ひたすら虚無を感じさせる色合いかつ、殺風景さだった。

「ここはアストラル界の果て。神々の住まう《不死の領域》に最も近い場所。《生と不死の境界》の呼び名に最もふさわしい空間なのです」

「……わかります」

プリンセスの言葉に、護堂はうなずいた。

「俺も今、気づきました。ここには何度か来たことがありますよ。俺たちカンピオーネの母親とか名乗る――ふざけた女神さまに呼びつけられて」

自分たちカンピオーネは『エピメテウスの落とし子』と呼ばれているらしい。

ギリシア神話に登場する巨人だという。

そして、エピメテウスの妻は――その名もパンドラ。

彼女は主神ゼウスの命《めい》により、鍛冶神《かじしん》へパイストスの手で創造されたという。

この娘に、神々はさまざまな資質を贈り物として授けた。

美の女神アフロディーテは女としての魅力を。女神アテナからは機織《はたお》りの技を。太陽神アポロンは美しい歌声を。海神ポセイドンは変身の力を。

盗人《ぬすびと》の神ヘルメスは狡猾《こうかつ》さと好奇心、さらにいわゆる『パンドラの箱』を。

決して開けてはならないとされる入れ物であった。

その後、パンドラは〝開けてはいけない箱〟を出来心から開けてしまう。

なかからは憎悪、妬《ねた》み、悲しみ、強欲、死、病《やまい》など、ありとあらゆる災厄《さいやく》が出てきて、地上に散っていった。だが唯一《ゆいいつ》、『希望』だけが彼女のもとに残った――。

……それが神殺しの義母《はは》パンドラ。

彼女とアストラル界で会ったときの記憶、地上ではずっと忘れている。しかし、この世界にもどってくれれば、忘却の戒《いまし》めは失われるのだ。

数カ月前にパンドラと話したとき、たしかに護堂はここに来た。

「では草薙さま。御心を強く持って……前を見つめてください」

「前を？」

「はい。灰色に塗りつぶされた空間の先を——全て見とおす。そう強く念じて、ただ前だけをじっと見つめて……にらんで……世界の果ての先を見出《みいだ》すのです」

「世界の果ての、その先か」

アリスのその言葉で、何を為すべきかイメージできた。

己の視界をさえぎる全ての神力・魔術・呪詛《じゅそ》・霊気を打ち破るつもりで、両目に意識を集中させた。呪力も全開にする。

だんだんと——目の前に広がる『灰色』がうすれていった。

代わりに護堂が見たものは。

「敷物!?　布なのか、あれは!?」

眼前にいつのまにか、すさまじく広大な『絨毯《じゅうたん》』が敷かれていた。

護堂の視力では、まったく果てが見えない。

どこまでも一枚の絨毯が広がっている。そして、護堂があと三百歩ほど進めば、それを踏みしめることができる。

その絨毯は——きわめて色あざやかだった。

ありとあらゆる色の糸を使って、織られていた。

護堂の知る色もあれば、知らない色もあった。万色を織りこんだ絨毯《ばんしょく》なのだ。

色彩ゆたかな糸たちは幾何学《きかがく》的な紋様を形作っていた。

ひとつだけではない。十個、百個、千個、万個、億個――否《いな》。数え切れないほど膨大《ぼうだい》な数の紋様が絨毯の上に描かれていた。そして、ひとつとして同じものはなかった。

万色を擁《よう》した、広大無辺なる絨毯状の――織物。

「アリスさん。何なんですか、こいつは!?」

「これこそが《運命》そのものです」

プリンセス・アリスはひそやかに語った。

「ギリシア神話のクローソー、ラキシス、アトロポスの三姉妹をご存じですか?」

「名前だけ聞き覚えがある程度、ですね」

「彼女たちは運命の三女神とも呼ばれます。《運命》という壮大な織物をデザインし、造りあげてしまう女神たち……。三柱《みはしら》まとめて、モイライとも呼ばれます」

霊力だけでなく、アリスはその学識も抜きん出ているらしい。

目の前に広がる絨毯(?)の広大さに圧倒される護堂に向けて、高貴なるプリンセスは神話語りを続けた。

「彼女らの権能《けんのう》とは、運命の糸を操ることにほかなりません。

まず長女のクローソーが糸を紡《つむ》ぎ、
次女のラキシスが糸の長さを決め、

三女のアトロポスが糸を断ち切る。

そうやって、壮大かつ多彩な《運命》の織物ができあがる――。ギリシア神話の世界では、そう定義されています」

「織物……」

「この三姉妹、糸の紡ぎ手であるクローソーが『創造』、人間たちの寿命も意味する〝糸の長さ〟の決定者ラキシスは『維持』、糸を切るアトロポスは『破壊』をそれぞれ意味するとも言われますね」

まさか運命なる代物《しろもの》がそのように喩《たと》えられようとは。

草薙護堂の貧相な想像力では、まず考えつけないイメージだ。思わず感心してしまう。しかし、あることに気づいて、護堂は首をかしげた。

「でも、ラーマはインド神話の英雄ですよね？　なのにギリシア神話の運命神ってやつが黒幕なんですか？」

「ふふふふ。草薙さま、お話にはまだ続きがございます」

アリスはふたたびいたずらっぽく笑った。

「実は、同様の神と神話は――ほかの地域にも存在するのです。たとえば古代ギリシアの後継者ともいうべきローマ帝国には、ノナ、デキマ、モルタという《運命の三女神》がいて、同じように運命の織物を編んでいましたし……」

「まだいるんですか!?」

「はい、北欧《ほくおう》神話にも。こちらでの運命の三女神はウルド、ベルダンディー、スクルド。ケルト神話ではモリガン、ヴァハ、バズヴなどがこれに相当します。程度の差はありますが、みんな『運命の織物』にまつわるエピソードの持ち主です」

「そんなに……」

「ちなみにギリシア神話ですと、三女神よりも先に『モイラ』という女神がひとりで運命神の役割を担《にな》っておりました。でも彼女が誕生するよりも前から《運命》の概念《がいねん》は存在し、神々をも操っていたと伝えられます」

「……」

「そしてインド神話には、運命の三女神に該当《がいとう》する神格——はっきりとはおりません。でも、世界を創造・維持・破壊する『三位一体《さんみいったい》の神』という概念は明確に存在いたします。あと最高神シヴァの妻たち……パールヴァティー、カーリー、ドゥルガーの三女神は運命ときわめて近しいもの——『時間』を司《つかさど》る存在です」

「そういえば」

護堂はふと思い出した。

「アリスさんが言ってた三女神みたいなのが『過去・現在・未来』を司っている……なんて聞いたことがありますね」

「はい。そして、時間と運命を『織物』に喩える神話は世界中に散見できるのです」

滔々《とうとう》と神話を語り聞かせていたプリンセス・アリス。

ここで一息ついて、護堂をじっと見つめた。

「草薙さま。『最後の王』ラーマチャンドラを操る〝神〟とは、そうした三女神たちの原型となった……いわば最源流の運命神だといえるでしょう。時間、永遠、運命をコントロールするために最強の軍神を遣《つか》わす者――」

「そうか」

アリスの言葉を受けて、護堂はつぶやいた。

「そいつが俺の……本当の敵なのか」

第2章　簒奪の円環

1

俺の——本当の敵。

そう口にしてみて、護堂《ごどう》はひどくしっくりきた。

英雄ラーマは全ての魔王を殲滅《せんめつ》する者。草薙《くさなぎ》護堂とも因縁《いんねん》の宿敵、であるはず。しかし、護堂にはどうしてもそれが受け入れられない。

あの男がたぶん、自分の意志で戦っていないからだろう。

今まで対決してきた連中とは、そこが決定的にちがう。

神であれ、同じカンピオーネであれ、よくも悪くもみんな活《い》き活《い》きと戦いを挑んできた。護堂も全力で迎え撃ってきた。

それがラーマにはない。だからだろうか。

「あいつとの決着とはまたべつに、俺が本当に戦わなくちゃいけない相手はほかにいる。たぶん、そういうことなんですよ、アリスさん」

「……不思議ですね」

護堂のつぶやきを聞いて、プリンセス・アリスが微笑んだ。

「草薙さまなら、そのようにおっしゃる気がしておりました」

「そうでしたか」

歳上の女性に見すかされていたと知り、護堂は苦笑いした。

「俺の頭、結構単純ですからね。エリカや仲間のみんなにも、考えていることをいろいろ言い当てられますよ」

「ふふふふ。実はもうおひとり、同じ予想をしておられました」

「俺の知り合いですか？　パンドラさんとか？」

「いいえ」

しばらくご無沙汰《ぶさた》だった自称義母《はは》。

彼女の名を否定されて、護堂は驚いた。魔王内戦の勝者と『最後の王』の対決、いちばん気にしているのは義母パンドラではないかと思っていたのだ。

プリンセス・アリスは言う。

「その御方があなたと——会いたがっておられます。実は運命神の領域について、わたくしにご教示くださったのも同じ方でした」

「へえ！」

　護堂は目を丸くした。

「どうして俺なんかに会いたいのかはわかりませんけど。貴重な情報を教えてくれた礼はしておきたいですね。その人はやっぱりアストラル界にいるんですか？」

「はい。よろしければ、そこまでご案内いたします。そして」

　白き巫女姫《みこひめ》は優美に一礼して、こう告げた。

「われらが王よ。わたくしは一足先に地上へ帰還してもよろしいでしょうか？」

「そんなふうに確認しなくても、全然かまいませんよ」

　いきなりかしこまった姫君にとまどいながら、護堂は答えた。

「でも、その物知りな人だか神様だかに礼を言ってから、俺といっしょに帰るのでもよくないですか？」

「いけません。もう一仕事ありますもの」

　くすりと笑って、プリンセス・アリスは言う。

「草薙さまの御心がわかりましたから。次は運命神の領域をご覧いただくだけでなく——あそこまで乗りこんでいただかなくてはいけません。そのための準備を、地上で進めていようと思います。エリカたちにも手伝ってもらって」

「……おねがいできますか!?」

「おまかせください、王よ。われら人類を代表して戦う御身《おんみ》のために、必ずや道を拓《ひら》いてごらんにいれます」

そして、ふたたび転移のはじまり——。

アストラル界のなかの階層を瞬間移動によって渡り歩く。

あの移動法をプリンセス・アリスと護堂は三〇回ほど繰りかえして、ようやく目的地まで到着した。

そこはアストラル界でも最重要の禁足地《きんそくち》なのだという。

直《じか》に飛びこむことがかなわないため、それだけの回り道が必要となったのだ。

「では、ごきげんよう草薙さま。地上であなたをお待ちしております」

プリンセスの姿が消え失せた。

これで、この階層にいる人間は草薙護堂ただひとり。

「今度は岩だらけの場所か……」

風がおそろしく冷たい。

むき出しの岩肌が寒々しさをさらに強調している。

頭上はどんよりとした曇り空。ここは山道の途中だった。山頂までの距離はあと百メートルほどで、しかも一本道だ。

かなりの標高なのか、凍《こご》えるような寒さだった。

空気がうすいようにも感じる。このままでは高山病にもなりかねない。

とはいえ、バカげた頑強さを誇るのがカンピオーネの肉体。護堂はすこし息苦しさを覚えた程度で、すぐに慣れてしまった。

「これってやっぱり、頂上まで行けってことなのか？」

つぶやいた直後、悲鳴が聞こえてきた。

――うううぁぁぁぁぁぁぁぁぁぁぁぁぁぁぁぁぁぁぁぁぁっ……。

男性の声だった。山頂の方からだ。

意を決して、護堂は登りはじめた。すぐに頂上へ着いた。

そこではなんと――全裸の逞《たくま》しい男が『大』の字になり、地面に寝ころんでいた。

「うううぁぁぁぁぁぁぁぁぁぁぁぁぁぁっ！」

男があげる苦悶《くもん》の絶叫であった。

二羽の鷲《わし》がいて、全裸男の腹をしきりに喰らいついては肉をちぎり、体内の臓物《ぞうもつ》をついばみ、果ては腸《はらわた》などを引っぱり出しているのである。

よく見れば、全裸男の手足は鎖《くさり》でつながれていた。

その鎖は太く、いかにも重そうで、地面に打ちつけた杭《くい》に結びつけられている。

これでは逃げられないはず。義憤《ぎふん》に駆られて、護堂は飛び出した。全裸男の臓物を喰いあさる鷲たちに拳《こぶし》を振りあげ、怒鳴りつける。

「おまえたち、さっさとどこかへ行け！」

その瞬間、二羽の鷲も全裸男も消え失せた――。

どことも知れぬ高山の頂《いただき》に、護堂はひとりだけでたたずんでいる。

幻影か何かだったらしい。今の一幕にどんな意味があるのか。「？」と首をかしげたとき、いきなり声をかけられた。

「死すべき人の子から、神殺しの獣《けもの》に生まれ変わりし者よ」

さっきの全裸男が護堂の横に、忽然《こつぜん》と現れていた。

もう服を着ている。古代ギリシア風の、一枚布を体に巻きつける方式の長衣だった。そして銀縁《ぎんぶち》の丸メガネをかけていた。

このメガネをかけた顔つきがなんとも洒脱《しゃだつ》で、知的だった。

「よく来てくれた。わたしはプロメテウスという」

それが男の名乗りだった。

「長々と自己紹介するより、かつてわたしが味わった責め苦を見せる方が――手っ取り早いと思ったのでね。君も知ってるんじゃないか？」

「……よく、知ってますよ」

護堂はうなずいた。

もう一年近く前。今ではかけがえのない仲間となったエリカから教わった。なつかしきサルデーニャ島で軍神ウルスラグナを追いかけていた道中だ。

護堂はあのとき、魔導書『プロメテウス秘笈《ひきゅう》』を所持していた。

神の権能《けんのう》を盗み出し、再利用まで可能にする神秘の書。その力を有効活用するための作戦会議の途中――

エリカと護堂はこんな会話を交わした。

『プロメテウスはギリシア神話に登場する神……ティタン神族の末裔《まつえい》よ。その名の意味は〝先に考える者〟。つまり先見の明《めい》がある賢人だったわけね』

『プロメテウスってたしか、人間に《火》を分けあたえた神様だろ？』

『ええ。神々の王ゼウスには、人間に余計な智慧《ちえ》を与えるつもりはなかったの。でも、彼らの愚かさをあわれんだプロメテウスは、天界から《火》を盗みだした』

ほんの一年前のやりとり。

草薙護堂が神を殺《あや》めた旅の出来事である。よく覚えている。

プロメテウスは盗んだ《火》を人間族にあたえた。結果、人類は飛躍的に文明を発達させたものの、盗人《ぬすっと》はゼウスに捕らえられ――

当人を前にして、護堂は神話のあらすじを語った。

「罰としてプロメテウスはコーカサス山にくくりつけられて、生きながら腹の中身をついばまれる。でも、彼は不死身の存在だった。日が落ちれば傷は完治する。ゼウスに許されるまで、プロメテウスは永劫《えいごう》の責め苦を味わうことになったんだ」

「完璧だ。よく覚えていたな、草薙護堂」

テストの答案を誉《ほ》める教師のように、プロメテウスは賞賛した。そして、ギリシア神話の賢人はすっと右手を差し出してきた。

「握手してくれ。『最後の王』と運命へ挑戦する君に、敬意を表したい」

「べつに俺は……やりたいことをやるだけです」

プロメテウスの手を握りかえしながら、護堂は淡々と言った。

「敬意を表されるようなことは何もないですよ」

「なら、こう言いかえよう。わたしがまず種を見出《みいだ》した。それを弟が拾い、土に蒔《ま》いた。花と実がなる可能性は皆無と言ってよいほどに低く、土のなかで虚《むな》しく朽《く》ちるのみだと思っていたのだが――。今、ついに君という木の実と会うことができた」

ぐっ。プロメテウスが握手する手に力を込めた。

「わたしはひどく感激している。きっと弟もそうだろう。まあ、君をはじめとする木の実たちが宇宙に多大なる混乱をもたらしていることは承知しているが……それは言うまい。神殺しの獣・草薙護堂よ。どうかプロメテウスと感動を分かち合ってくれ」

「そういうことなら……。ところでプロメテウス」

護堂の方も強く握りかえしながら訊《たず》ねた。

「弟ってたしか——エピメテウス？　俺たち、その人の落とし子とか呼ばれてるけど」

自然と敬語抜きで話すようになった。目の前の男が無条件で信じられる相手だと、なぜか確信できたのだ。

プロメテウスはにこりと微笑んで、力強く言った。

「ああ。いい機会だから、わたしたちが見つけ出した神殺しの種——《簒奪《さんだつ》の円環《えんかん》》について話しておくとしよう」

簒奪の円環。護堂はどきりとした。

聞き覚えがある。そういえば、魔女キルケーがいまわの際《きわ》につぶやいていた。

——自分の命は半分アレクサンドル・ガスコインに奪われた。もう半分の命だけで《簒奪の円環》を回せるだろうか、などと。

瞠目《どうもく》した護堂の前で、賢人プロメテウスはおもむろに語りはじめた……。

2

「兄者《あにじゃ》。あの野郎が死んだぞ」

「そのようだな。不朽不滅《ふきゅうふめつ》であるはずの神があのように命を落とすとは」

兄弟ふたりでささやき合った。

神界もしくはアストラル界の住人であるべき彼ら。兄の名はプロメテウス、弟の名はエピメテウスであった。

プロメテウスは〝先に考える者〟。分別くさく言った。

「しかし、この世の人間たちにとっては幸いと申すべきだろう。まつろわぬ神と成りはてて地上にさまよったあげく、人の世に大いなる災《わざわ》いを呼びよせていたのだから」

その日、ふたりは神界より『地上』を眺めていた。

死すべき人間たちが暮らす領域――。

とある軍神が気まぐれに地上へさまよい出たと知って、行方《ゆくえ》を探ってみたのだ。

そして、昔から〝人間びいき〟であった兄プロメテウスは眉をひそめた。

地上をさまよう神は『戦いの神』である。彼の往《い》く先々で、そこにいた人間たちは闘争心と権力欲を爆発させ、訳もなく隣国に攻め込んでいった。

まだ――人間たちが青銅の矛《ほこ》や剣、木の盾《たて》などでいくさをしていた時代だ。

遥《はる》か後世にくらべて、戦争を起こすのもかんたんだった。

そんな時代の地上を『戦いの神』がうろつく。

まあ、ろくなことにはなるまいと踏んで、消息を追いかけてみたら、案《あん》の定《じょう》だった。

問題の軍神がうろついていた地域では七回目のいくさが起こり、今回だけで幾千もの人々が命を落としていた。

兄弟は今、その凄惨《せいさん》な殺し合いを神界より眺めていたのである。

「だがな兄者。こんな幸運、そうそう二度目はあるまいて」

「まったく同感だ」

地上を流浪《るろう》するうちに狂気をつのらせる。

それが〝まつろわぬ神〟の性《さが》。今回はそれが人間たちに味方した。

当の軍神、人間たちのいくさを見て、大いに昂《たか》ぶり、血への渇望《かつぼう》を爆発させた。さらなる流血――それも聖なる神の血を求めて。

いきなり己《おのれ》自身の頸《くび》に神剣を当てて、かき切ったのである。

かくして、狂える軍神の頸は落ちた。

彼がこれ以上の災いを地上にもたらすこともないだろう。まあ、すでに十分以上の混迷と流血を振りまいてはいたが……。

「兄者よ、あの人間を見ろ」

「ほう」

弟エピメテウスが指さし、兄はうなった。

地上の戦場。そこでは自刎《じふん》した軍神に――人間の兵がひとりで近づいていたのである。その兵士は斃《たお》れた軍神の屍《しかばね》から、神剣を取りあげた。

これをかかえて、必死の形相《ぎょうそう》でいくさ場から逃げ出していった。

「神剣の鋭さを見ていたか。なかなか目端《めはし》が利《き》くやつめ」

「それだけではないかもしれんぞ、弟よ。死せる勇者、英雄の一部……所持品や肉体そのものを〝我がもの〟とすることで、死者の力を己のものにしようと願う。そういう信仰が人間たちの間には存在するのさ」

叡智《えいち》と知識も、賢者プロメテウスの《権能《けんのう》》である。

兄から教えられて、弟エピメテウスはいきなり勢い込んだ。

「ということは、だ。あの人間、神の刃《やいば》を得たことで、あやつめが新たな怪物となるのではないか!?」

熱い口調で、弟はさらに言う。

「神の代わりに地上を脅《おびや》かす怪物だ。英雄、王。人間どもをあまねく支配するような……」

「それはないだろう」

対して、賢きプロメテウスは冷ややかだった。

「死すべき人間に、神の道具は決して使いこなせない。彼らにとっては神剣もただの棒切れ――で済めばいいのだが……」

「だが？」

「下手《へた》に神具をあつかおうとすれば、その人間は直《ただ》ちに死ぬ」

「ううむ」

弟のエピメテウス、名前の意味は〝あとで考える者〟。

思考よりも行動を優先する。考えるよりも先に、勘と本能にまかせて体を動かす。自身とは真逆《まぎゃく》の弟へ、プロメテウスは言った。

「そもそも道具を奪う者が神であっても同じことだぞ？　たおやかなる愛の女神が神剣を奪って、役に立てられると思うか？」

「思……わんな」

「だろう？　兄が以前に見た《強奪の円環《えんかん》》でも使えば、まだわからんが」

「何なんだ、そいつは」

「死せる神の骸《むくろ》より、権能を奪い取る神具だ」

「ほう！　それはすごいな！」

エピメテウスは目を輝かせた。

「なあ兄者よ。われらは気やすく地上の物事に干渉《かんしょう》することはかなわぬだろう？」

「ああ」

「その円環とやらを地上に送ってやれば、面白いことになると思わんか？　新たなまつろわぬ神があちらにさまよい出ていく前に」

弟の提案に、プロメテウスは肩をすくめた。

「最後まで聞けば、そうは思うまい。その神具は――昨今、幅をきかせている《剣の神々》の属性を再現させるものだ」

「あれか兄者。地の女神たちを剣持て追い、力ずくで屈服させる……」

「ああ。剣神たちは屈服させた相手の権威や力を奪い取り、我がものとする。倒した敵の屍より武具をはぎとり、己の所有物にする。そうして己の力を増やしていく――」

愉快な話題ではないため、プロメテウスの声は暗い。

「だがな。《強奪の円環》をまわすには、ある条件を満たさねばならぬ」

「何だ、そいつは？」

「力を奪う相手を――自力で殺すことだ。殺《あや》めた神の命を贄《にえ》に捧《ささ》げて、はじめて《円環》は動き出すのさ」

「……それでは意味がないな、たしかに。人間に神が殺せるわけがない」

このとき〝あとで考える弟〟はしっかりとうなずいた。

だが、すぐにこう言ってのけたのだ。

「兄者よ。で、その神具とやらはどこにある？」

結局、エピメテウスは七つの神域と九つの冥府《めいふ》を渡りあるき、苦難の旅の果てに神具《強奪の円環》を見つけ出した。

長き探求《クエスト》を終えて、弟は賢明なる兄を訪ねてきた。

「さあ兄者！　こやつの最も面白き使い途《みち》を考えてくれ！」

「……おまえの妻を呼べ。『全てをあたえる女』こそがその担《にな》い手にふさわしい」

先に考える者プロメテウス。

だが、このときだけは行動のあとに考える結果となった。

そして、あとから考える弟はなんとも能天気な顔で、にやにやと笑っていた。

いたずらっぽい、いかにもサルバトーレ・ドニあたりが浮かべそうな表情。一部始終を見ていた護堂《ごどう》は微妙な気分にさせられた。


何千年、何万年前の昔かはわからない。

だが、かつてプロメテウスとエピメテウスの間でたしかに起きた一幕を、再現映像ならぬ幻影という形で護堂は見せてもらった。

気づけば、例の——灰色の領域にもどっていた。

神の領域に最も近い、アストラル界の最果て。義母《はは》パンドラもたびたび来るという。

ここで護堂は〝いつもの声〟を聞いた。

「どうだった？　あなたたち神殺しが誕生する前夜の出来事は？」

「パンドラさん」

「そこはママかお義母《かあ》さまでしょ、ゴドー」

金髪にツインテールの美少女という姿で、義母パンドラがそこにいた。

いつもの女神風衣装（まあ、本当に神なのだが）に加えて、盾のように大きな円盤を両手でかかえていた。

ずしりと重そうな、鋼鉄製の円盤だ。

表面には『竜の頭』を模したとおぼしき刻印が大きく描かれている。そのまわりに、八振りもの『剣』の刻印――。

「ふふふ。これこそが《簒奪《さんだつ》の円環》。かつて強奪の名を冠された神具に、あたしたちが新たな名を授けてあげたの。神殺しと化した人間による、神の力と権威の簒奪……。それを成《じょう》就《じゅ》させるための器《うつわ》だからと」

十代前半の容姿ながら、パンドラはいつものごとく妖艶《ようえん》であった。

美だけでなく、女としての魅力でも男を蠱惑《こわく》する魔性《ましょう》の女神。エピメテウスの妻にして、パンドラの箱を開いた少女である。

「護堂、これを見た神殺しはあなたが初めてだわ」

全てのカンピオーネの母はいたずらっぽく、ウインクをしてきた。

「これから『最後の王』と雌雄《しゆう》を決するあなたへのご褒美《ほうび》。どう？　あなたを『獣《けもの》』に生まれ変わらせた力の正体は――」

「こいつが……。でもパンドラさん」

　せっかくの機会なので、護堂は訊《たず》ねた。

「プロメテウスはどうして、これをあなたに？　パンドラさんのこと、たしか——」

「ああ、あれ？　お義兄《にい》さまはあたしのことを『全てをあたえる女』と呼んだ。それこそが我が名『パンドラ』の意味よ」

　くすくす微笑む女神の手から《簒奪の円環》が消えた。

　空《から》になった両手を広げて、踊るようにくるくるとまわり、パンドラは己という存在を大きく誇示してみせた。

「ギリシア国の神話は伝えているわ。パンドラは神々から、あらゆる〝女の魅力〟を贈られた女であると。そして、ゼウスより贈られた箱を開けて、愚かにもあらゆる災厄を地上にまきちらした悪女であると。ふふふふ、それだけがあたしではないわ！」

　一瞬、少女パンドラの姿に——もうひとつの姿が重なった。

　それは成熟した、二〇歳前後の女性であった。目の前にいる少女がいずれ時を経《へ》て、成長を遂《と》げれば、こうなるのであろう。

　手足ものび、女としての豊満さ、賢さを十全に備えた姿——。

「オリュンポスの神々がギリシアに根をはるよりも前、パンドラは大地の女神だった。神と人間たちにあらゆる恩寵《おんちょう》を授ける女神だったのよ！」

「だから『全てをあたえる女』だった……」

「ええ、そう。だから——あたしには決してむずかしくないの。《円環》を操り、神殺しの成就者に死せる神の権能を授けることも。新たな〝我が子〟に命の息吹《いぶき》を吹きこんで、その子たちの持てる野性を最大限に高めることも」

そうか。護堂はうなずいた。

パンドラも『かつてはより強大な権威と叡智《えいち》をそなえた大地母神《だいちぼしん》』だったのだ。かつてアテナがそうであったように。

ただ、しかし。

だからこそ、彼女は死すべき人間たちの側《がわ》についてくれるのかもしれない。

やはり人間びいきであった義兄《あに》と夫に協力して——。

「でもパンドラさん。俺たちの存在って、世界と人間にとってプラスなんですかね？」

「まあ、いない方がましって面もあるわよね」

パンドラはけらけら笑いながら言った。

「でもいいじゃない。あなたたちは神を殺すなんて無茶を成し遂げた、埒外《らちがい》の人間たちですもの。ちょっとくらい——ううん。とんでもなくハチャメチャな蛮行を繰りかえしたって、お義母さまは許してあげる！」

女神宣言のあとらしからぬ、実に勝手な言いぐさだった。

目を丸くする護堂へ、義母パンドラは言う。

「うちの旦那が《簒奪の円環》を見つけてきた直後。あたしも、お義兄さまもいろいろ準備をととのえながら、こう思っていた。死すべき人間風情《ふぜい》に神殺しの偉業を成せるはずがない、この準備は絶対徒労に終わると――」

「…………」

「でも、あなたたちはみごとに生まれてみせた。その後もひとり、またひとりと誕生しつづけてくれた。ほかの神や人間が認めなくても、あたしたちはそれだけで《神殺し》の成就者を依《え》怙《こ》ひいきするし、見守りもする……」

今度は一転して、母性あふれる物言いである。

全てをあたえる女神であった義母は、血のつながりのない息子へ告げた。

「そうだゴドー。あたしたち神殺しの陣営とは長きにわたる宿敵だったラーマ王子――あの子に勝てたら、特別に望みの品を贈ってあげましょう。なんでもいいわよ」

「ははっ。そんなものべつに――」

何もいらないよと苦笑しかけて。

護堂はふと考えた。もしかしたら、こ、い、う、も、の、が必要になるのではと。

「……じゃあ、ひとつお願いしておこうか」

勝ったあとのことを先に考える。

それはたぶん、カンピオーネにふさわしい行為ではない。やはり自分たちは〝あとから考える〟エピメテウスの落とし子なのだから。

それでも護堂はあえて今、勝利のあとを見据えることにした。

3

救世《きゆうせい》の神刀《しんとう》。

刃渡り一メートル近い、とびきりの大刀である。

両刃造りで、その刃の分厚さは『鉈《なた》』を彷彿《ほうふつ》とさせる。そして、染《し》みひとつない刀身には清冽《せいれつ》なる輝きと堂々たる荘厳《そうごん》さが宿っている。

それが本来の姿であった。

無骨でありながら、凜《りん》とした気品に満ちた唯一無二《ゆいいつむに》の神器《じんぎ》──。

しかし、長き年月の間、神刀の輝きは失われてきた。

錆《さび》だらけであった時期も長かった。

錆どころかボロボロに朽《く》ち果てて、鉄の棒も同然であった時期も。

所有者のラーマチャンドラが草薙護堂《くさなぎごどう》に倒されたあと、ラクシュマナ王子の宿った刀身には黒い染みが広がっていた。

そして、ほんのすこし前――。

白猿神《はくえんしん》ハヌマーンはアストラル界の一隅で大敵・草薙護堂をとりにがし、英雄ラーマの復活を急ぐべしとひとりごちた。

その直後だった。

ハヌマーンは救世の神刀を空に投じた。

黒く染まった神刀は『フッ』と空中でかき消えて、次の瞬間にはもう地上界の空を疾風《はやて》のごとく飛んでいた。

救世の神刀はしばらくまっすぐ飛んだあと、山なりに落ちていった。

ラーマ復活の地となるべき日本国の〝中心〟めがけて。

その場所は、岩と砂ばかりの山頂だった。

ざっ！　救世の神刀はちょうど大きな岩に突き刺さった。

近くにはボロボロの鳥居がある。この山頂、巨大な火山の火口付近であった。人間の足でぐるりと火口をまわれば、一時間以上かかるだろう。

霊峰《れいほう》、富士山――。

日本国で最も強力な聖地であり、霊的中心地だという。

今、霊峰富士の山頂に、救世の神刀が突き刺さったのである。

……この場にもし日本人の誰かがいれば、奇妙に思ったことだろう。暦《こよみ》は二月、真冬まっただなかの富士山なのである。

だというのに――

山頂には、ほとんど雪が積もっていなかった。

いや、それどころか富士山全体の積雪量が皆無に近かった。

この霊峰の偉容を遠方から眺めれば、一目瞭然《いちもくりようぜん》だ。この時季、必ず白い雪化粧でおおわれているはずなのに。

それが今は、夏場同然に『裸』の富士山なのである。

無論、ラーマチャンドラの復活が近いためだ。地熱と気温の高まりが、霊峰富士に〝早すぎる雪どけ〟という異変をもたらしたのだ。

霊峰の山頂に突き刺さる神刀――。

清冽かつ無垢《むく》であるべき刃《やいば》には、黒い染みが広がったままだった。

だが一昼夜が過ぎた。富士山頂で日の出を迎えたとき、救世の神刀から染みが消えた。穢《けが》れが落ちたのである。

霊峰富士に満ちる清浄の気が神威を起こしたと言えよう。

……では、刃を振るうべき剣士の方は？

一週間ほど前、英雄ラーマは神殺し・草薙護堂に敗れた。

場所はプシュパカ・ヴィマーナ。都市と同じほど巨大な飛行船である。日本の関東地方にほど近い太平洋上で墜落し、海に沈んだ……。

では、大英雄の骸《むくろ》もいっしょに深海へ沈んでいったのか？

否《いな》。彼の魂は空気に溶けこみ、あるときは風に乗り、あるときは風に逆らいながら、日本国の最も清浄なる霊地へと移動してきた。

そこが己《おのれ》の復活に最もふさわしい地だと、無意識に感じ取って。

「ああ。我が兄ラーマは清浄無垢であるべき至高の貴種」

王子ラクシュマナはふたたび人の姿で顕現《けんげん》し、ひざまずいていた。

岩に突き刺さった神刀――兄の現身《うつしみ》の前である。

「あらゆる世俗の穢れを祓《はら》い浄《きよ》める聖域……。この地の荘厳《そうごん》さこそが御身《おんみ》に最も似つかわしいと、弟は確信いたします！」

ラーマそっくりながら、ラクシュマナの肌は褐色《かっしょく》だ。

白皙《はくせき》の実兄への愛と敬意を言霊《ことだま》に変えて、彼は一心に唱えていた。

「今こそ、この末世《まっせ》に救済の手を……兄上よ！」

「左様《さよう》でございます、ラーマ太子」

きまじめな口調でつぶやいたのは、ハヌマーンだった。

ラクシュマナ王子の隣に忽然《こつぜん》と現れて、ひざまずいたのである。

「この世に残った魔王はいまやただひとり。嵐の狼王《おおかみおう》、武侠《ぶきょう》の女王、災厄《さいやく》の女王、黒き稲妻の王、仮面の王、剣の王――彼らは全て消え失せた。残るひとり、草薙護堂を討つために――

今こそ再臨を果たされませ！」

ひざまずいたままハヌマーンは背筋をのばし、朗々と謡《うた》った。

「我は末世の闇《やみ》を切り裂き、神殺しの魔王を鏖殺《おうさつ》するため、剱《つるぎ》の新生を願う。ああ、最も尊き剣のなかの剣よ、刃のなかの刃よ。汝《なんじ》は魔王殲滅《せんめつ》の刃。汝は白き救世の光。汝は全ての羅刹《らせつ》を殺戮《さつりく》するため生まれるものなり！」

それは『最後の王』再臨を決定づける聖句《せいく》であった。

途端に――きれいに晴れわたっていた空が陰り、雷雲が満ちていった。

ゴォォォォォォォオオオオンンッ！

ゴォォォォォォォオオオンンッ！

立てつづけに稲妻が二発落ち、雷光が天を白く染める。

その光が人影を――地面に映した。ラクシュマナともハヌマーンともちがう。第三の人物の影だった。

「おお」

「おお、人中《じんちゅう》の虎よ！　光輝の上に光輝を重ねた聖王よ！」

ハヌマーンは短く感動し、ラクシュマナは熱く叫ぶ。

第三の人物はゆっくりと救世の神刀をつかみ、岩より引き抜いて――

「待たせたな、おまえたち」

「兄上！」

「ラーマチャンドラの殿よ」

ひざまずく弟と忠臣へ、ラーマ王子はうなずきかけた。

青白く長い髪。秀麗《しゅうれい》な美男子の顔立ち。だが麗《うるわ》しき美貌に――錆のごとき疲れと精悍《せいかん》さがアクセントを加えている。

前と同じく、青い貫頭衣《かんとうい》と細袴《ズボン》、純白のマントをまとう。

ラーマは背中の鞘《さや》に長大なる神刀を収め、つぶやいた。

「……こうも早く再臨がかなうとは。やはり『盟約《めいやく》の大法《だいほう》』を使ったあとはちがうな。力と肉体の恢復《かいふく》がずいぶんと早い……」

その声によろこびはない。

新たな闘争へ向けた憂鬱《ゆううつ》さのみ。しかし。

「そういえば僕の消滅中、神殺しの諸君が勝ち抜き戦を行ったのだろう？　そして最後まで残ったのは……」

「草薙護堂にございます」

「承知している」

ハヌマーンに言われて、ラーマ王子は口元をほころばせた。

「ふふふふ。まさか僕の大法に対抗するため、彼ら自身が同族をつぶしていくとは。なんて単純で、大胆すぎる策だろう。まったく、これだから彼らはあなどれない……」

いつ以来か、ラーマ自身にもよくわからない。

しかし今、彼は名状しがたい衝動に突き動かされて——

笑ってしまった。長き戦いに疲れはてたはずの男がくつくつと肩をふるわせている。本当はバカみたいに大笑したいのを必死で堪《こら》えている……。

忠臣たちが困惑《こんわく》のまなざしで主《あるじ》を見つめた。

「殿」

「あ、兄上」

「ああ、すまないハヌマーン。ラクシュマナ」

どうにか爆笑の衝動を抑えこんで、ラーマは微笑んだ。

しかし、ふさぎこむことの多い『最後の王』が大笑いしかけたことの驚き、よほど大きかったらしい。家臣たちはぎょっとした目で稀代《きたい》の大英雄を見つめている。

彼らに向けて、ラーマは言った。

「もしかしたら……今回はいいのかもしれないな」

「何がでございましょう、ラーマの殿よ」

「ふふふふ。面倒なあれこれを全て忘れて、ただ無心に戦ってみるのも」

「兄上！　それではまるで、忌《い》むべき神殺しどもと——同じ所行ではありませぬか!?」

「いいではないか、弟よ」

あわてていさめるラクシュマナへ、ラーマはさわやかに告げた。

「僕とて一介の戦士として、ただ荒ぶりたいときもある。その相手が草薙護堂であれば、まったく申し分ない」

一瞬だけ目をつぶり、ラーマ王子は過去を思い出した。

「彼とは一千年前のガリアで二度、対決した。前《さき》の再臨の折にも二度。次の対戦を合わせれば、五度も草薙護堂と戦うことになるな」

つぶやいてから、さらに言う。

「五度もの戦い。もはや好敵手と呼んでもかまうまい。我が逆縁《ぎやくえん》の相手だ」

「莫迦《ばか》な！　兄上に匹敵する大敵などおりはしませぬ！」

「そうだろうか？　そもそも今までの対決をかえりみれば……僕の一勝三敗だな。大きく負け越している以上、僕こそが彼に挑戦する立場だと言えよう」

「兄上！」

「僕は事実しか言っていないぞ、ラクシュマナ」

「最も尊貴なる英雄がそのような評価を羅刹の王ごときにあたえては——なりませぬ！　それは天の理《ことわり》に反する行いでございます！」

「ふふふ。となれば、僕も神殺しの諸君と同類になるわけか」

「殿！」

「すまない、今のは忘れてくれ。冗談だ」

忠義の弟と猿神が狼狽《ろうばい》する。対してラーマはいたずらっぽく微笑んでいた。

そして『最後の王』らしくもなく――魔王殲滅の勇者は言った。

「僕の力と肉体、ずいぶんと恢復しているが……まだすこし足りない。もうしばらく休息を取り、万全の備えをととのえる」

「はっ。承知いたしました」

「我が逆縁の大敵と相まみえるのだ。それが礼儀であろう」

「…………」

いつになく闘志をあらわにする主の宣言に、ハヌマーンは頭《こうべ》を垂れる。

彼も、ラクシュマナも、ひざまずいたままだった。風の白猿神は額《ひたい》を大地にすりつけて、凛《りん》然《ぜん》たる主君へ訴えた。

「ならば殿。ひとつお願いがございます」

「何だ？」

「わたしめに出陣をお許しください。草薙護堂との対決に全てを懸《か》ける意気込み、このハヌマーン、心に刻み込みました。そうであるなら」

忠烈なる家臣・従属神として、ハヌマーンはこいねがう。

「わたしが先鋒《せんぽう》となり、殿のご休息の間に――草薙護堂に挑みたいと考えます」

「ばかな」

ラーマは忠臣の直訴《じきそ》を一蹴《いっしゅう》した。

「彼と全力で戦うことこそが僕の願いなのだぞ？　その機会をおまえに譲るわけがない。僭越《せんえつ》が過ぎるぞ、ハヌマーンよ」

「お叱《しか》りはごもっとも。しかし、もし殿があやつとの一騎打ちをお望みであれば」

大地から額を離し、白猿神は主君の美貌を土下座の姿勢から見あげた。

「どうか、わたしめに出陣のお許しを」

「……どういうことだ？」

「わたしめは殿の副将にございます。最後の決戦がはじまれば、必ず殿に加勢をしてしまうでしょう。だからです。ハヌマーン出陣の結果が生死勝敗のいずれにゆきつくにせよ、わたしか草薙護堂のどちらかは消滅しているはず――」

「忠義の戦士ハヌマーンよ」

ラーマは厳しいまなざしをひれ伏す白猿神に向けた。

「おまえが勝ってしまったら、僕の出番がなくなるではないか」

「それはまあ、致し方なきことかと。草薙護堂めの力不足をお嘆《なげ》きくだされ」

「邪魔者のおまえを——ここで斬《き》り捨ててもかまわないのだぞ?」

「とうに覚悟してございます。このまま殿の決戦をただ見守るより、殿にお手討ちにされとう存じますゆえ」

「——ふっ。おまえも神殺し諸君と似たようなことを言うか」

厳しい叱咤《しった》から一転、ラーマが軽やかに笑った。

これまた彼としては珍しく、錆のような疲れを吹き飛ばすように。

「いいだろう。主の僕に倣《なら》ったとして、戦士ハヌマーンの出陣を認めよう」

「ありがたき幸せにございます!」

「兄上。このラクシュマナにも同じ役目をいただきとうございます!」

「よし。往《い》け、おまえたち」

もはや否やはない。ラーマは実弟にもうなずきかけた。

家臣たちの心を酌《く》み取ったのだ。魔王殲滅の使命など関係なしに決戦をはじめようとする主君のために、何か役立ちたいという——。

「我、ラーマチャンドラの先鋒として、戦場へ向かえ。魔王・草薙護堂に挑み、みごと勝利してくるがいい!」

それは輝かしき古代インドの大英雄にふさわしい、勇壮なる指令であった。

4

「さあ、あなたたち！　今から言うものを大至急、用意して頂戴《ちょうだい》！」

地上にもどった直後の第一声であった。

ベッドサイドの椅子に腰かけていた女官長にして元・家庭教師、ミス・エリクソンがびっくりした顔で目を丸くする。

「ひ、姫様？」

「ミス・エリクソン。すぐに手配をはじめて。あまり時間の余裕はないの！」

「か、かしこまりました。しかし姫様、まずは御体の方におもどりください。あまり長く実体を離れていては、消耗《しょうもう》がひどくなってしまいます」

と、ミス・エリクソンはベッドで眠る〝本体〟を手振りで示した。

眠れるプリンセス・アリスその人である。

対して、命令を発した〝霊体〟の方はふわふわ室内に浮いている。アリスは実体にもどる手間をはぶいて、家人らに声をかけたのである。

厳格な家庭教師風のミス・エリクソンと、室内にひかえているメイドたちに。

ここはゴドディン公爵家《こうしゃくけ》令嬢の私邸、すなわちアリスの自宅であった。

「お、お帰りなさいませ姫様」

「ご無事のお帰り、う、うれしゅうございます」

「ありがとう。わたしもみんなの顔をまた見られて、とてもうれしいわ。でも、お小言とあいさつはあとまわしでおねがい」

メイドたちの言葉をさらりと受け流して、アリスは言った。

「この館《やかた》にないものでも、ディオゲネス・クラブの御老人がたに声をかければ、ほとんど調達できるはずだわ」

「は、はいっ」

「用意するものはまず——チュヴァシ族の祭司が用いた鹿《しか》の頭蓋骨《ずがいこつ》の破片。雨乞《あまご》いの石ラピス・マナリス。ギルギットで崇《あが》められた聖木の小枝を乾燥させたもの。タヒチの死霊術師が搾《しぼ》りとった生き血の結晶。あとは……」

アリスはすらすら品名を唱えていった。

それを聞いて、ミス・エリクソンが眼鏡のずれを人差し指で直す。

「姫様。秘薬の調合をなさるおつもりなのですか？」

「そのとおりよ。カンピオーネ方の魔王内戦が終わったからといって、まだ騒動は終わってないのですもの。〝最後の戦い〟にそなえる必要があるわ」

「なるほど」

ミス・エリクソンはつぶやいた。

細いフレームの眼鏡をかけた細面《ほそおもて》。

髪はひっつめている。知性と厳しさを共にかねそなえた風貌で、派手さは皆無である。魔術にも造詣《ぞうけい》が深く、長年アリスの相談役をつとめてきた。

公私におけるパートナーと言えなくもない女性は、ぼそりと言う。

「つまり、姫様がよくおっしゃる……あれでございますね」

「ええ。『毎度おなじみ、世界の危機よ』――」

「承知いたしました」

アリスが冗談っぽく言っても、あくまできまじめ。それでこそ我が相談役。

ひそかにうなずく女主人へ、ミス・エリクソンは申告する。

「では、わたくしも準備いたします。着替えて参りましょう」

「そうしてくれると助かるわ。調合法はわたしが指示を出すから、実際の調合は――おねがいするわね、ミス・エリクソン」

「おまかせください」

プリンセス・アリスの肉体は、頑健さとは無縁である。

病弱なうえに、すこし出歩くだけでも疲れ切ってしまう。たっぷり霊力を使ったあとも疲労でしばらく寝込むほどだった。

だから、まだ仕事がある以上、すぐに実体にはもどれない。

まあ、霊体のまま〝念力〟で各種薬材をあつかうこともできるのだが、わずかに分量をまちがえるだけで爆発・毒煙などが発生しかねない作業である。

より繊細かつ器用な『手』があるなら、是非《ぜひ》そちらに頼りたい——。

「草薙《くさなぎ》さまが地上へもどられるよりも先に、完成させたいところだわ。さあ、みんな。急いで頂戴！」

秘薬は完成したら、すぐに投函《とうかん》魔術で日本へ転送する。

実は向こうでも、べつの薬を調合してもらっていた。こちらであと二種の秘薬を作りあげて、草薙護堂《ごどう》に託すつもりだった。

彼を——『真の戦場』へと送り出すために。


「さすがプリンセス・アリスだな」

リリアナ・クラニチャールの賛嘆《さんたん》だった。

「魔女の秘薬を三種も組み合わせて、カンピオーネの霊的素養を——劇的に研ぎ澄まさせる薬効を生み出そうというのか……」

魔王内戦の終結から、半日が経過していた。

東京——。草薙護堂のホームタウンに帰還した彼の仲間たちも『秘薬』の調合に取り組んでいた。白き巫女姫《みこひめ》が万里谷祐理《まりやゆり》に託《たく》したのだ。

彼がこれを必要とするときのために、準備してほしいと。

「こんな配合があるとは、まったく知らなかったぞ」

「魔女としても一流のリリィでさえそうなのだから、プリンセスの学識には恐れいるわね。もしかしたら、姫君の独創なのかしら？」

感じいるリリアナのそばで、エリカもうなずいていた。

「地の位《くらい》を極めた魔女がサルデーニャ島のルクレチア・ゾラ。それに匹敵する魔女はただひとり、天の位を極めたプリンセス・アリスだけ。そうなのでしょう、リリィ？」

「ああ。みごとなものだな」

「もともとアレク王子の発案で、数年前に試した調合だそうです」

会話に加わったのは、祐理だった。

「実際にあの方が服用されて、効果も確認済みだと、プリンセスはおっしゃっていました」

魔女のリリアナを中心に、秘薬の調合を進めていた。

作業場所は東京の都心部でも、あまり人気《ひとけ》のないエリアであった。江東区《こうとう》の豊洲《とよす》。新市場《しんしじょう》となる予定で建造された——多目的ビルの一隅である。

何かの工場かと思うほど、敷地もだだっ広い。

調合に際して、薬材のあつかいをすこしまちがうだけでも『緊急事態』になると聞いて、正《せい》史編纂《しへんさん》委員会が手配してくれたのだ。

待機場所である都心部から近く、スペースに余裕のある場所を。

もともとベイエリアの埋め立て地で、倉庫や空き地ばかりという土地柄《がら》、人の出入りや車の交通量もすくない。理想的だったのである。

だだっ広いが、物のほとんど置かれていないビルの一フロア。

そこに持ちこんだ作業机は、数々の器具・素材であふれかえっている。

アルコールランプやビーカー、フラスコといった実験器具類。これらはいにしえの錬金術《れんきんじゅつ》師《し》が用いた精錬炉《せいれんろ》と同じ役目を果たすものだ。

さらに旅と盗人《ぬすつと》の神ヘルメスが発見したともいう秘草モーリュの球根。

食虫植物ネペンテス、黒蓮《こくれん》の花びら、劇毒にもなりかねないアコニトン、等々。一般人は名前すら知らないような魔道の素材ばかりである。

草薙護堂の仲間たちがそれらを囲んでいた。

エリカ・ブランデッリ。万里谷祐理。リリアナ・クラニチャール。そして——

「決戦前にこんなこと言うのは、まだ早いんだろうけど」

清秋院恵那《せいしゅういんえな》が言った。

「この大勝負にもし勝てたら、王様はどうなっちゃうのかな?」

「どういう意味かしら、恵那さん?」

「ほかの魔王さまたちはみんないないわけだし。魔王殺しの勇者さまもいなくなる。うちの王様が名実ともに世界最強ってことじゃない」

「……言われてみれば、たしかにそうね」

エリカが相づちを打つ。恵那はさらに言った。

「やっぱり、ただひとりの魔王として今まで以上に格上げされて、知る人ぞ知る天下人《てんかびと》、世界をひれ伏させるバケモノみたいに崇拝《すうはい》されたりして」

明らかにそうなってほしいという願望から、恵那は無邪気に笑っていた。

そんな親友へ、きまじめな媛巫女《ひめみこ》がしとやかに訴える。

「でも恵那さん。またどこからかまつろわぬ神が顕《あらわ》れて、『唯一《ゆいいつ》の魔王』をおびやかすのではないでしょうか？」

「そうなったら逆に好都合かもよ」

恵那がにやっと、いたずらっ子の顔で言った。

「神様を倒してほしいって頼む当てはうちの王様しかいないんだし。世界中のみんなが草薙護堂にひれ伏すしかなくなるかも」

「まあ。夢が広がるわね」

「エリカ。こんな与太話《よたばなし》を夢とか言うな。いや、まあ、もし本当に『最後の王』に勝てたら、かなりの確率で実現しそうな未来なんだが」

旧友兼ライバルをいさめてから、リリアナもつぶやいた。

ちなみに、会話の間も彼女の手は動いていた。

すり鉢《ばち》のなかで薬材をつぶし、それを所定の順番で決まった量だけ混ぜ合わせ、さらに魔女の念を送りこむ。

手際《てぎわ》はいいが決してあせらず、一定のペースで調合を進める。

できるだけ早く完成させたいところだが、薬材はどれも貴重なものばかり。

作業を失敗したら最後、補充できない恐れもある。迅速《じんそく》かつ慎重に事を運ばなければならない……。

不意に祐理が「!?」と顔を上げた。

それから声をひそめて、仲間たち全員へささやきかける。

「みなさん――何かが来ます」

霊視の兆《きざ》しを感じ取ったらしく、媛巫女の表情はこわばっていた。

エリカと恵那がハッとした直後、それは予知の言葉となった。

爆発が起きたのである。いずれ東京の台所、新市場となるはずだったビル全体が――爆発に呑みこまれてしまったのだ。

「はじめるとしましょう、王子どの」

「ああ。兄上の決戦を華々しく彩るために――」

自力で飛翔《ひしょう》するハヌマーンと、天翔《あまか》ける戦車ヴィマーナを駆るラクシュマナ。

霊峰《れいほう》富士より、東方へ飛来してきた二神である。彼らはこの国の中枢《ちゅうすう》たる都に到着し、攻撃をはじめるところであった。

この都では、やたらと狭い土地に石造りの塔を密集させている。

醜悪《しゅうあく》な街並みばかりがひたすら続く。

もっとも、眼下に広がる海辺の街にはまだゆとりがあった。建物と建物の間がそれなりに離れている。まあ、醜悪なことに変わりはないのだが。

「残念だ」

ラクシュマナが口惜《くちお》しそうに言った。

「本来なら、この醜《みにく》き都の全てを焔《ほのお》に沈めて、開戦の狼煙《のろし》とするところなのだが」

「それは言わぬ約束ですぞ。心やさしきラーマ太子が悲しまれます。草薙護堂めをおびきよせる程度に抑えるべきでしょう。おそらくはいまだ幽冥界《ゆうめいかい》の何処《いずこ》かをさまよっているはずの彼奴《かやつ》を……」

分別くさく、ハヌマーンが応じる。

戦車ヴィマーナと風の白猿神《はくえんしん》、共に空中で静止していた。

車上で弓をかまえ、紅《あか》い矢をつがえるラクシュマナ王子の目は眼下に――地上の奇態な建物に向けられていた。

その規模と造りは『城』に似ている……。

「浄めの焔である。裁《さば》きを受けよ！」

ラクシュマナは紅き矢を射《い》た。

的《まと》は大きい。練達の射手である王子が外すはずない。

矢が壁に突き刺さった瞬間、やにわに『城』全体が大爆発を起こした。激しい焔もあっというまに燃え広がり、醜悪かつ広壮な建物を呑みこんでしまう。

天を焦《こ》がさんばかりに、焔は燃えさかる。

王子ラクシュマナもまた兄ラーマに似て、神秘の矢を使いこなす射手。

その手にかかれば、児戯《じぎ》にも等しい弓撃《きゅうげき》であった。

第3章　最後の戦いのはじまり

1

この一年で経験を積みかさねたのは、護堂《ごどう》だけではない。

戦いと冒険を共にした仲間たちも同じだった。

最初の相棒にして〝愛人〟であるエリカ。たぐいまれな霊視力の持ち主・祐理《ゆり》。魔女と騎士、双方の術に長《た》けたリリアナ。太刀《たち》の媛巫女《ひめみこ》として天叢雲剣《あまのむらくものつるぎ》を振るう恵那《えな》――。

彼女たちの頭上に降ってかかった予期せぬ攻撃。

それも、軍神ラクシュマナの放った『焔《ほのお》の矢』。

ふつうであれば、標的となった新市場《しんしじょう》ビルごと爆風と爆炎に蹂躙《じゅうりん》されて、何ら対抗策も打てないまま、骨すら遺《のこ》さずに全滅するところであろう。

だが、彼女たちには経験と手段があった。

「みなさん——何かが来ます」

万里谷《まりや》祐理の警告。

誰よりも霊感にすぐれた媛巫女の緊迫感に満ちた声と表情。それを見聞きした瞬間に、まずエリカが愛剣のクオレ・ディ・レオーネを手元に呼んだ。

「ローマの秩序《ちつじょ》を維持《いじ》するため、元老院《げんろういん》は全軍指揮権《インペリウム》の剝奪《はくだつ》を勧告する！」

獅子《しし》の魔剣は長い鎖《くさり》に変化し、ひとりでに動き出す。

じゃらじゃらと音を立てながら、鉄鎖《てっさ》が宙に描いたのは五芒星《ごぼうせい》。ソロモン王も用いたとされる魔除《まよ》けの聖印《せいいん》だった。

「獅子の鋼《はがね》よ。元老院最終勧告《セナトウス・コンスルトウム・ウルティムム》、発令！」

エリカが所属結社《赤銅黒十字《しゃくどうくろじゅうじ》》より学んだ、最大の防護魔術。

短時間であれば、ある程度の神力にも耐えられる結界を構築できる。神王メルカルトや豊穣《ほうじょうしん》神サトゥルヌスとの戦いで、効果のほどは証明されていた。

「リリィ、秘薬を隠して！」

「もちろんだ、わかっている！」

エリカに言われるよりも先に、リリアナは動いていた。

作業中のテーブルの上で右手をさっと一振り。それだけで完成間近だった薬品類はたちまち消え失せてしまった。魔術で〝隠した〟のである。

必要なときはいつでも《召喚《しょうかん》》の術で呼びよせられる。

また、最初に警告を発した祐理は——

「神産霊《かみむすび》、高御産霊《たかみむすび》、生産霊《いくむすび》、足産霊《たるむすび》、玉積産霊《たまつめむすび》、大宮乃売《おおみやのめ》、大御膳都神《おおみけつのかみ》、事代主《ことしろぬし》の神々に祈り奉《たてまつ》ります。巫《かんなぎ》の鎮《しず》めに応《こた》えて御霊《みたま》を和し、静謐《せいひつ》を顕《あらわ》し給《たま》え……！」

両手を胸の前で組み、祈禱《きとう》していた。

巫女装束《しょうぞく》をまとった全身から白い光の放出がはじまった。

荒ぶる神力と御霊を鎮《しず》めるための法《御霊鎮め》であった。白光は四人の少女たちをやさしくつつみこんでくれた。

これもやはり、短時間であれば聖なる神威にも守護の霊験《れいげん》を発揮する。

そして、太刀の媛巫女も『為《な》すべきこと』を為していた。

「王様、天叢雲《あまのむらくも》を貸して！」

相手がたとえ、この地球上にさえいなくとも。

日本の国宝にも等しい神刀によって、切れない絆《きずな》が結ばれている。恵那が叫べば、その手に天叢雲剣《あまのむらくものつるぎ》は即座に現れる。

神刀の霊力をエリカと祐理に貸しあたえ、守護の秘術に協力しながら——

恵那はもう一度、愛《いと》しい少年の名前を呼んだ。

「王様、草薙《くさなぎ》護堂！　恵那たち、みんなを守るために……早く来て！」

ウルスラグナ第一の化身《けしん》『強風』。

命の危機が迫った誰かに名前を呼ばれれば、瞬時にそこへ到着できる。

この化身を発動させるための条件、完璧にととのった。仲間たちが『焔の矢』の猛威をまぬがれるための対策も完璧だった。

だから、彼女たちにまったく落ち度はない。

護堂がアストラル界——義母《はは》パンドラのもとから『強風』による瞬間移動で帰還を果たしたとき、地上で仲間の四人はみんな倒れ伏していた。

むしろ、それは当然で仕方のないことなのだ。

そもそも神の闘志や悪意にさらされて、無事でいられる方がおかしいのだから。

「……エリカ。万里谷《まりや》。リリアナ。清秋院《せいしゅういん》」

惨状を目の当たりにして、護堂はみんなの名前を呼んだ。

四人とも——地面に倒れこんでいた。

重ねがけした防護術の恩恵《おんけい》か、服や体に火傷《やけど》や焦《こ》げあとは見当たらない。

護堂はいちばん近くにいたエリカに駆けより、美しいままの顔と頬にふれてみた。氷のように冷たかった。

祐理、リリアナ、恵那にも同じことをしてみた。みんな冷たかった。

護堂はあたりを見まわしてみた。

焼け野原だった。だだっ広い空き地に大きな施設があったのだろう。しかし今、焼け残っているのは鉄筋建築のわずかな骨組み程度――。

あちこちがぶすぶすとくすぶる焼け跡に、二柱《ふたはしら》の軍神がいた。

「やはり来たか、草薙護堂」

風の白猿神《はくえんしん》ハヌマーンは言った。

「あなたもまた風の使い手。しかも、守護救済の風を吹かせる神殺し。地上の朋友《ほうゆう》に危機が迫るとき、必ず駆けつけると思っていた」

「みんなをやったのはおまえか、ハヌマーン？」

「まさか。小者どもの生死など気にもかけぬ」

「ハヌマーン殿の言うとおりだ。わたしは兄上の矢筒《やづつ》より拝借《はいしゃく》つかまつった灼熱《しゃくねつ》の矢と――凍土《とうど》の矢を射《い》ただけに過ぎぬ」

木製の長弓《ちょうきゅう》を手に、ラクシュマナが平然と言った。

「この者たち、どうにかして一本目はしのいだようだがな。やはり死すべき人間どもであったのだろう。二本目までは耐えきれなかったと見える」

ラクシュマナはしばしば、邪悪とさえ言える歪《ゆが》みを見せる。

しかし、このときは超然として、いかにも『神』にふさわしい威厳があった。

おそらく草薙護堂の仲間たちなど、標的を呼びよせる鈴程度にしか思っていなかったのだろう。……そのことが護堂の怒りに火をつけた。

「我がもとに来《きた》れ、勝利のために」

ぼそりと、護堂はつぶやいた。

「不死の太陽よ、我がために輝ける駿馬《しゅんめ》を遣《つか》わし給え。駿足にして霊妙なる馬よ、汝《なんじ》の主《あるじ》たる光輪を疾《と》く運べ」

ウルスラグナ第三の化身『白馬』を呼ぶための言霊《ことだま》。

むしろ静かな詠唱《えいしょう》だった。しかし、遥《はる》か上空——中天に輝く太陽がその縁《ふち》よりフレアの焔を吐き出したと——

護堂は即座に確信した。さらにこうも唱える。

「おまえの出番だ、ランスロット・デュ・ラック。俺の槍《やり》として戦え！」

太陽光を殲滅《せんめつ》の投げ槍《やり》となさしめる『白馬』。

槍の軍神による全力全速の一騎駆け。

草薙護堂が持つ最強の〝飛び道具〟、ふたつ同時に投入する荒技だった。

2

民衆に仇《あだ》なす大罪人を討つときのみ、『白馬』の焔《ほのお》を放てる。

兄ラーマが負うべき歪《ゆが》み・穢《けが》れを全て引き受ける王子ラクシュマナ、十分にその標的となる資格をそなえていた。

「ぐうううぅぉぉおおおおおおおおっ!?」

清廉《せいれん》な兄と酷似《こくじ》した美貌が苦悶《くもん》にゆがむ。

天より降った焔の柱に呑みこまれて、生きながら灼《や》かれる苦しみゆえだ。

「う——ぬうっ！　わたしは兄上のために命を懸《か》けねばならぬのだ！」

「うるさいぞ。そもそも、おまえ程度のやつが出しゃばりすぎなんだ」

闘志でも、本能の昂《たか》ぶりでもなく。

冷厳な怒りにまかせて、護堂《ごどう》はつぶやいた。格下の敵を遥《はる》か〝上〟から見おろす声には、まさしく『魔王』の風格があった。

「俺とラーマの勝負にしゃしゃり出るのはもうやめろ」

「くうううっ！」

焔の柱のなかで、ラクシュマナの姿が消え失せた。

戦死——ではない。このまま灼け死ぬことをよしとせず、自《みずか》ら撤退《てったい》を選んだのだろう。我が命は兄のために捧《ささ》げるという執念《しゅうねん》ゆえに。

……まあ、どうでもいいことだった。

まずひとりめをかたづけて、護堂は無感動にうなずいた。

愛《いと》しい少女たちを苦しめた連中への怒りが大きすぎて、逆に激情よりも冷静さの方が立ちまさる状態になっていたのだ。

——こんなやつらは一秒でも早く蹴散《けち》らして、仲間たちに寄りそわなくてはと。

空を見あげれば、二柱《ふたはしら》の軍神が互角の戦いを演じていた。

「おのれ！　太子さまの恩を忘れ、神殺しの側《がわ》につくとは！」

飛翔《ひしょう》自在の神ハヌマーンが空中で毒づく。

「神にあるまじき行いよな、ランスロット・デュ・ラック！」

「たわごとを言う。忠義の道を説きたければ、よそをあたれ。余は騎士の神であるが、同時に騎馬の民《たみ》アマゾネスの女王、野人の長《おさ》！」

忠義一途《いちず》な白猿神《はくえんしん》をランスロットが嘲笑《あざわら》う。

「心のおもむくままに馬を駆り、葬るべき敵は自由に決める！」

「ぬうっ！」

「今はおまえが余の標的だ、ハヌマーンよ！」

いまや護堂の『槍《やり》』となった軍神ランスロット・デュ・ラック——

馬上槍《ランス》と楯《たて》をかまえながら、天翔《あまか》ける白馬を疾走させていた。

騎士と愛馬は稲妻に等しい速さとジグザグな動きでハヌマーンを追っている。槍の穂先《ほさき》でつらぬくためだ。

風神の血を引く猿王はこれを急旋回でかわし、騎馬の背後にまわりこもうとする。

しかし、敵がうしろへ進入した瞬間、ランスロットと白き愛馬は急加速や急上昇、急下降といった空中機動で難を逃れた。

そして、繰りかえされる猿神と騎士神の空中格闘戦《ドッグファイト》――。

風と稲妻、それぞれの申し子が追いつ追われつする光景を見あげて、護堂は満足した。あの様子なら、すぐに加勢しなくても問題ない。

「よし」

護堂は仲間たちのそばへ行った。

エリカ、祐理《ゆり》、リリアナ、そして恵那《えな》。まず『紅き悪魔《ディアヴォロ・ロッソ》』の異名を持つイタリア人少女の手首を取った。脈はない。氷のように冷たい。ほかの三人もきっと同じだろう。

だが、もはや護堂はその程度で動じなかった。

確信がある。俺なら救えるという。

全能感がある。我こそ救世主なりという。

それは英雄・聖者にのみ許される『選ばれし者』の自負であった。

そう。古代ペルシア――東方の軍神ウルスラグナは地上に降臨するとき、好んで〝ある姿〟を選び、罪なき民衆を庇護《ひご》するのだ。

輝く一五歳の少年。ウルスラグナ第六の化身《けしん》。

自らの権能《けんのう》を呼び起こすため、護堂は言霊《ことだま》を唱えた。

「我は勝利のため来《きた》る。助力のため、治癒《ちゆ》のため、正義のため、良き生のために来《きた》る。礼賛《らいさん》を以《もっ》て我を迎え入れよ！」

草薙《くさなぎ》護堂のために命を懸けた者へ、救済と加護を分けあたえる。

それが『少年』の能力だった。

数カ月前、日光《にっこう》で斉天大聖《せいてんたいせい》と戦って以来の発動となる。今、護堂の全身から白い——聖なる光が放たれていた。

世に正義と奇跡を顕《あらわ》すための力が光輝となって、あふれ出たのである。

「我が眷属《けんぞく》たちよ」

護堂はひざまずき、まずエリカをかかえあげた。

「我が許しを得ぬまま死すること、我は許さず。聖なる軍神の加護は死による平穏、休息すらも認めず。選ばれし者の特権と苦難、共に味わえ……！」

愛しい金髪の少女への口づけ。

唇と唇の交わりを介して、『加護』を送りこむ。

かつて二度もエリカにあたえた恩寵《おんちょう》であった。前回、前々回と同じく、これで彼女の心と体に絶大なる活力を吹きこんだ。強烈な苦痛をあたえるのとひきかえに。

だが、しかし。

「ん……護堂――わたしのカンピオーネどの……」

閉ざしていた両目をとろんと開けたエリカ。

彼女の唇はうっとりとした吐息《といき》と、甘美なささやきを吐き出していた。

前の二回とはちがう。この栄光ある儀式にエリカの心身も慣れて、もはや苦痛をあじわうことなく選ばれし者の恍惚《こうこつ》と力を受け取れるのである。

しかし、まだ三人もの仲間が倒れている。

護堂は彼女たちの前で次々とひざまずき、口づけを繰りかえした。

「感じます、護堂さんの力……。とても……すごいです……」

「我が王よ――。このご恩には必ず報《むく》いてみせますから、も、もうすこしキスをおねだりしても……よろしいですか……？」

「だ、だめ、王様っ。こんなところ見られるの恥ずかしいから……あっち向いてて――」

これで全てがととのった。

護堂は決然と顔を上げ、空中の戦いにあらためて目を向けた。

「気づいているぞ、槍の軍神どの！」

ついにハヌマーンが逃げるのをやめた。

ランスロットとその愛馬めがけて、突進してきたのだ。白い毛皮におおわれた猿の両腕で鋼鉄の棍棒《こんぼう》——先端に重い分銅《ふんどう》を取りつけたものを振りまわしながら。

ガァアンンッ！

楯をかざして、馬上のランスロットは白猿神の棍棒を受け止めた。

「く……っ！」

ハヌマーンの大力を受けて、騎馬の女王は眉をひそめる。

かつてグィネヴィアを庇護《ひご》していた頃は、面頰《めんぽお》付きの兜《かぶと》で完全に顔を隠していた。今はその美貌がむき出しとなる形の兜であった。

顔をさらし、猛々《たけだけ》しさを示すことも、戦う女王のつとめなのである。

そのランスロットが一瞬だけ、焦《あせ》りをあらわにした——。

それをしっかり見とどけて、軍神ハヌマーンはほくそえんだ。

「ふふふ、やはり。草薙《くさなぎ》護堂に仕《つか》えて以来の戦いぶりから、そうでないかと思っていた。どうやら貴殿には——時の縛《しば》りがあると見た」

「聡《さと》いな、白猿どの」

二柱の軍神は棍棒と楯による力比べをはじめていた。

ハヌマーンが押しこめば、ランスロットも押しかえす。分銅付きの棍棒にじりじり力が加われば、同じ分だけ菱形《ひしがた》の楯にも力がかけられる……。

「あなたが自由闊達《かったつ》に戦いうる時間、決して長くはないと見たがいかに？」

「ふっ。ごまかしても意味はない、か」

微苦笑して、槍の軍神はいさぎよくうなずいた。

人間たちの言う『一〇分程度』しか、ランスロットは全力全速で活動できない。今の彼女はあくまで草薙護堂に呼び出される従属神なのだ。

「そして猿どの。力押しに転じたということは、余の限界が近いと踏んだな」

「いかにも。戦機ここに熟せり……」

ぐっ！　さらにハヌマーンが棍棒を押しこんできた。

菱形の楯はこれを押しかえせない。ランスロットの余力が尽きつつあるのだ。だが心までは負けぬと、槍の軍神はふてぶてしく笑う。

「斉天大聖──おぬしの親戚だという猿どのとちがい、智慧者《ちえしゃ》だな！」

「勘ちがいせぬように。拙者《せつしゃ》とラーマ王の物語が東国に伝わり、『尊き聖者と供をする猿』の逸話《いつわ》から、あの単細胞どのの物語──その未熟な原型が生まれただけ。おそろしく遠い親戚と言えなくもないが、直接のつながりはない」

きまじめな忠義者としては、譲れない何かがあるのか。

珍しくハヌマーンは遺憾《いかん》そうな口ぶりだった。

「斉天どのとわたしを、あまり比較しないでいただこう」

「承知した。ここを切り抜けられた暁《あかつき》には、ほかの者たちにも教えてやろう」

「ああ──それは必要ないと、申し上げておく」

ぶんっ！

ハヌマーンは怪力にまかせて、棍棒を横に薙《な》ぎ払った。

ランスロットの左手から楯がはじかれて、虚空《こくう》の彼方《かなた》へ飛んでいってしまう。

「あなたを逃すつもりは一切ない。自由にさせておけば、いかなる形で草薙護堂に助太刀《すけだち》するかもわからぬ。確実にしとめさせていただこう」

「ちっ！」

舌打ちする女王を前にして、ハヌマーンは風を呼んだ。

轟《ごう》！　軍神二柱のまわりで風がうなり、回転をはじめ、空気の大渦となる。轟々とうなりをあげる竜巻の──発生だった。

空中の白猿神と騎馬の女神、両者ともすっぽり竜巻でつつみこまれた！

「さらばだ、槍の神。これで貴殿に逃げ場はない」

「ああ。……貴殿にもな」

「!?」

焦り、強がりから一転して、勝利を確信した戦士の笑み。

ランスロットの変化を目の当《ま》たりにして、白猿神ハヌマーンは愕然《がくぜん》とした。次の瞬間、轟々たる竜巻のうなりを圧する咆哮《ほうこう》が──天に鳴りひびいた。

「主《しゅ》は仰《おお》せられた。咎人《とがにん》には裁《さば》きをくだせと」

囮役《おとりやく》をまかせた軍神と、天翔けるハヌマーンの空中戦。

ランスロット・デュ・ラックの撤退を封じるため、空高くに牢獄《ろうごく》のごとく竜巻が発生した刹《せつ》那《な》、護堂は言霊を唱えていた。

この一瞬の勝機を活《い》かせば、絶対にいける、と。

「鋭く近寄り難《がた》き者よ、契約を破りし罪科に鉄槌《てっつい》を下せ！　背を砕き、骨、髪、脳髄《のうずい》を抉《えぐ》り出し、血と泥と共に踏みつぶせ！」

オオオオオオオオオォォォォォォォンンンンンンンッ！

焔の矢によって誕生した焼け野原の大地から、魁偉《かいい》なる巨獣が飛び出てきた。体長二〇メートルはあろう『猪《いのしし》』である。

護堂の分身ともいうべきウルスラグナ第五の化身。

黒き大怪獣はそのまま——跳んだ。

天高くをめざして、全身をバネにしてジャンプ。打ち上げられたロケットさながらに空へ急上昇していく。

いつのまにか夜になっていて、満月が白々と地上を照らしている。

その月に飛びかかるかのような、『猪』の大跳躍であった。神獣はぐんぐん上昇を続け、ついに上空でうなりをあげていた竜巻のなかへと突入していき――

オオオオオォォォォォォンンンンンンッ！

まず、超音波を宿した吠《ほ》え声が竜巻の渦を打ち消し、霧消《むしょう》させた。

さらに『猪』の巨体はロケットのごとく高速の急上昇をやめず、風の白猿神ハヌマーンをさらなる空の高みへと力強く運んでいく。

「ぬおおおおっ！」

鼻面《はなづら》の二本の牙《きば》で、『猪』はハヌマーンの胴体をつらぬいていた。

これを致命傷にしないためだろう。神通力《じんつうりき》にも長《た》けた猿の神は自らを巨大化させて、『猪』の巨体に負けないサイズとなっていた。

「我が父・風神ヴァーユよ、我に山をも動かす膂力《りょりょく》を貸し給《たま》え！」

ハヌマーンは叫んだ。

全ての筋力と飛翔力を振りしぼり、『猪』の急上昇を押しかえそうとしている。だが、そこにランスロットとその白馬も突っ込んでいった。

馬上槍《ランス》の穂先を、巨大化したハヌマーンの額《ひたい》に突き立てた！

「全力全速の一騎駆け――今宵《こよい》は星に向かって駆けるぞ、友よ！」

ヒヒィィィィインンッ！

オオオオオオォォォォォォォォンンンンンンッ！

女王ランスロットの号令に応《こた》えるのは、愛馬と『猪』だった。草薙護堂に仕える三者は全ての呪力を飛行と上昇のために注ぎこんだ。

串刺しにしたハヌマーンの体を牙と槍と突進力で貫《つらぬ》き、挽《ひ》きつぶすために！

高く高く――本物のロケットのように神々と神獣たちは夜空を駆けあがっていった。おそらくは成層圏《せいそうけん》を越えて、地上一〇〇キロ以上の超高空に達した頃だろうか。

護堂の心に「取った！」という確信がわいた。

眷属たちが白猿神ハヌマーンを葬り去ったのだ。そして彼の神力を召し上げるべく、義母《はは》パンドラが遥か彼方で《簒奪《さんだつ》の円環《えんかん》》をまわしたはずだった。

護堂の両肩が一瞬ずしりと重くなった。

次いで全身に力がこみあげてくる。神を殺《あや》めた褒賞《ほうしょう》であった。

3

「うーん……」

戦いを終えて、護堂《ごどう》は目をこらした。

夜空に浮かぶ満月の――表面をチェックするためだった。

「だめだ。さっぱりわかんないな……」

「月がどうかしたの、王様？」

そばに来た清秋《せいしゅう》院恵那《いんえな》が不思議そうな顔をする。護堂は答えた。

「いや、さ。どこか傷とかついてないかと心配になって」

「月に傷、ですか？」

今度は万里谷祐理《まりやゆり》が怪訝《けげん》な顔をした。

「傷といいますか、もともと穴だらけではありますけど……」

衛星・月は常に同じ面を地球に向けている。

これはもはや一般常識だろう。通常、地球人が見ることのない裏側は穴ぼこだらけで非常に醜《みにく》いという。

逆に、よく見る表側はいつも冴《さ》え冴《ざ》えと美しい。

もちろん、表側にもクレーターや月の海などは存在する。しかし、それはむしろ無機質な白さにアクセントをあたえる『模様』と言えるのではないか？

ただ、まあ、護堂が気にしているのは〝そういうこと〟ではなかった。

最初に気づいたのは、やはりエリカだった。

「もしかして護堂」

美しい月の表面を眺めながら、イタリア人少女はため息をつく。

「さっき呼び出した『猪《いのしし》』に……こんなことを言ったのかしら？　『空中のハヌマーンをぶち

のめすついでに、月をぶっ壊してこい』みたいに──」

「あー」

「やったのですね、草薙《くさなぎ》護堂……」

一瞬だけ返答に詰まったら、リリアナにも言い当てられた。

祐理とならぶ『まじめ組』の銀髪少女はなんとも遺憾《いかん》そうにつぶやいた。

「あなたが『猪』の化身《けしん》を使う条件は、あの神獣に何か大きな物体を破壊させること。ですがときどき──破壊許可とひきかえに使役《しえき》できる魔神のようにも思えますね……。呼び出したあとが行動の面でも、能力の面でも、フレキシブルすぎると言いますか」

「わたしもリリィに同感だわ」

青き騎士のコメントに、紅《くれない》の騎士であるエリカが賛同した。

「一応、陸上生物の哺乳類《ほにゆうるい》なのに、あんなに高く飛ぶのですものね」

「今頃、本当に月まで到達しているのかもしれないいな。そういえば昔、こんなSF小説を読んだことがあるぞ。主人公側も敵側も巨大な惑星をビームみたいなもので牽引《けんいん》してきて、おたがいの本拠地にぶつけ合うんだ」

「あら？　ばかばかしいくらいに派手で、ちょっとわたし好みだわ」

「荒唐無稽《こうとうむけい》すぎて、わたしの趣味にはすこし合わない。だが、カンピオーネの方々の戦いぶりに通じるものがあるな……」

「ええ。あの『猪』は特にそういう傾向が明確だわ」

青と紅《あか》の申し子たちがうなずき合っている。

さすがは腹心の守護騎士たち。護堂がうすうす察していた疑惑《ぎわく》に、彼女たちも気づきつつあるようだ――。

「月かあ。さすがに恵那も、月をぶっ壊そうなんて思わなかったよ！」

一方、エリカとならぶ『奔放組《ほんぽう》』の媛巫女《ひめみこ》は笑っていた。

「やっぱり神様を殺しちゃう人は、考えることがふつうじゃないよね！」

「……実はなんとなく、なのですが。あの月を見ていると微妙な違和感があります。いつもとどこか細かなところがちがうという気分に――なるんです」

朗《ほが》らかな恵那とは逆に、祐理が心配そうに言った。

たぐいまれなる霊視力を持つゆえに、媛巫女・万里谷祐理の『なんとなく』はどんな天才物理学者の推論《すいろん》よりも信用できる。

護堂たちの間では、もはや常識であった。恵那がさらに笑った。

「あははは。月のどこかに、本当に新しい『穴』が空《あ》いてたりして」

「その可能性を否定できる材料、わたしは何も思いつけないわね」

「さすがに月を壊すほどの破壊力は出せないだろうが、自力で月までたどりつくくらいの芸当はやってのけそうだからな。いや、もしかして草薙護堂が本気でサポートして、ランスロットあたりも手伝えば、月の破壊も夢ではないのか……？」

「護堂には、最大破壊力がいまだに不明な『白馬』という切り札もあるわよ」

「前言撤回《てっかい》だ。夢じゃなくて、悪夢と言うべきだった」

エリカとリリアナも口々に言う。

全て自分のまいた種なので、コメントしづらい。

護堂はこれ以上の言及を避けて、今いちばん言うべきことを口にした。

「まあ、とにかくみんなが助かってよかったよ。安心した」

「それは本当に護堂のおかげだわ。でも」

エリカがいつもの優美さを棚上げして、憂鬱《ゆううつ》そうに眉をひそめた。

「わたしたち、あくまで『瀕死《ひんし》の重体』だったのかしら？　それとも本当に――」

「あまり気にするなよ。とにかく〝俺とウルスラグナの力で回復可能なぐらいだった〟。そういうことでいいじゃないか」

「それで納得するには、護堂たちカンピオーネと同じレベルの大雑把《おおざっぱ》さが必要ね……」

「王様がそう言うなら気にしないことにするけど」

不可解そうに恵那が口を挟んだ。

「恵那たち、あの王子さまの矢を二本も受けて、よくあの程度で済んだよね。むしろさ、跡形もなく消し飛んでいても不思議じゃなかったような――」

「東京のベイエリア一帯を道連れにして、な」

リリアナも同様に納得していないようだった。

なんとなくカラクリを察していた護堂は、ぼそりと言うにとどめた。

「あれだよ。たぶん〝忖度《そんたく》〟ってやつがあったんだよ」

「忖度？」

ぬきんでた聡明《そうめい》さを誇るエリカが首をかしげていた。

事が『男同士の意地』やら『男と男のなんとやら』にかかわる案件なので、さすがの紅き悪魔も珍しく察しが悪いようだった。

まあ、その辺を細かく語るのは野暮《やぼ》というものだろう。

護堂はあえて口を閉ざした。ただ、ひとり祐理だけは何かに気づいた面持《おもも》ちで目配せをしてきた。さすがだった。

理性を超える直感力で、彼女だけはなんとなく察したようだった。

「とにかくさ。ラーマの前にハヌマーンとも決着をつけられて、最後の戦いってやつへの備えは完璧。それで十分だよ」

護堂はあえて能天気なことを言った。

「あのバカバカしい内輪揉《うちわも》めも——無駄じゃなかったようだしな」

「どういうことですか、草薙護堂？」

「あのバトルロイヤルの途中で、ハヌマーンを一万二千年前に追い払っただろう？　あいつはたぶん、それが原因で大きく弱体化していた」

リリアナに問われて、護堂は即答した。

風の白猿神《はくえんしん》ハヌマーンを今回、余裕で斬《き》り捨てる形になった。

以前、義姉《あね》・羅翠蓮《らすいれん》と対決していたときの方が——手強《てごわ》い難敵だったように思う。あれはハヌマーンが遥《はる》かな超古代へ送られる前だ。

そう。気の遠くなるほどの過去、一万二千年前とやらへ。

ペルセウスや斉天大聖《せいてんたいせい》が魂をすり減らして、どこかに姿を消したほどだ。

不死の神々にとっても、決して短くはないのだろう。そもそも悠久《ゆうきゅう》の時を閲《けみ》することに飽きて、アストラル界に〝隠居〟する神までいるほどなのだ。

一万二千年もの間、ハヌマーンはどうしていたのだろう？

もしかしたら『冬眠』でもしていたのかもと。そう護堂は思った。それなら古代ガリアや魔王内戦で〝ふたりのハヌマーン〟が顔をそろえなかったことにも説明がつく。

一万年を超えるほどの休眠——。

目的はすこしでも魂の消耗《しょうもう》と自我の鈍化《どんか》を防ぐためだろう。

彼ら『まつろわぬ神』の活力、闘争心の源《みなもと》は強固なアイデンティティなのだから。

しかし、超長期におよぶ〝長すぎる睡眠〟も、それはそれで軍神ハヌマーンの魂をゆっくり弱らせていった。

だから今回の戦いで、護堂に対して粘りきれなかった……。

「全部、俺の勝手な想像だけどな」

「だとしても護堂。あなたが大きく成長したことに変わりない。ハヌマーンほどの強敵をあっさり撃破できるほどに」

エリカがうなずきかけてきた。

「『最後の王』とも戦う資格、十分にあるはずだわ」


その後、護堂は焼け野原から場所を移した。

駆けつけた正史編纂委員会《せいしへんさんいいんかい》の面々に『どこかで休みたい』と言ったら、都心部のホテルを用意してもらえたのである。

「こんなに立派なところでなくてもいいんですけど」

車で送ってくれた甘粕冬馬《あまかすとうま》へ、護堂は言った。

家にもどると静花《しずか》がうるさそうなので、べつの休憩所を求めただけなのだ。

三つ以上の星がつきそうな高級ホテルでなくとも、飲み屋街のサウナ程度でかまわなかったのに——。

「ま、支払いはうちの委員会持ちです。ゆっくりくつろいでください」

ホテルの部屋の前で、甘粕は笑った。

「草薙さんには冗談抜きに『世界の行く末』がかかってますしね。……でも、ひとつ訊《き》いていいですか？」

「なんでしょう？」

「あのまま最後の戦い開始、でもよかった気がしたもので。ああ、すいません。本当にせかすつもりはなくて、純粋に疑問だっただけです。もちろん、すこし休んだ方がウルスラグナの化《け》身《しん》も再使用可能になりますからね。その辺はわかっておりますよ」

「大丈夫ですよ」

安心させるように、護堂は笑いかけた。

「もう半日かそこらスタートがのびても――俺たちは気にしませんから」

「俺たち？」

「はい。むしろ俺のコンディションがととのわないまま勝負になることを、あいつはいやがるはずですよ」

「ははあ」

護堂の言葉を受けて、甘粕は目をぱちくりさせた。荒事よりも知識と機転を第一に尊ぶ『忍びの者』には共感されづらい心境だったのかもしれない。

ともあれ、護堂の心は平穏だった。

あせりはない。戦いを先延ばしにしたいという気持ちもない。

明日、あの男と決戦する。そう確信しながらシャワーを浴びて、眠りについた。今、何よりもすべきことは休息だ。

護堂がもしボクシングなどの世界タイトル戦に挑むとしたら。

そのとき、積みあげてきた練習量や内容に何の不安もないとしたら。

今のような心境に至れるのかもしれない。決戦を前にして、護堂の心は不思議なほどに澄み切っていた。あとは戦うだけでいい。

テレビをつければ、最近の世界情勢があれこれ報道されていた。

『晩冬にあるまじき気温の上昇――』

『日本各地で報告される火山活動の兆候《ちょうこう》――』

『気象庁は全国の噴火警戒レベルを一斉に引きあげるという異例の措置《そち》を――』等々。

数々のニュースを見聞きしても、特に心は動かされない。

全ては明日、自分とあの男が雌雄《しゆう》を決すれば、何らかの決着がつく。

ちなみに同じ夜。

委員会が用意した新作業場で、リリアナは念願の秘薬を完成させたらしい。

翌朝、護堂がホテルのレストランでモーニングを食べていたとき、仲間の少女たち全員で持ってきてくれた。そして、ゲストがもうひとり。

「アリスさん」

「わたくしどもの方も間に合わせましたわ、草薙さま」

やはり都内の高級ホテルだけあって、気品ある白人女性（の霊体）も違和感がない。プリンセス・アリスに微笑みかけられて、護堂はうなずいた。

護堂のテーブルに三本のガラス瓶が置かれた。

それぞれ赤・青・黒の液体が詰まっている。どれも毒々しいほどにあざやかな色合いだが、肝心なのはその効能だ。

ためらわず、護堂は三本続けて飲み干した。

どれもひどい味だった。が、直後に味わった酩酊《めいてい》と視界の異状の方がひどかった。

頭がくらくらするだけではない。視界の全てがぐにゃぐにゃと歪《ゆが》み、レストランの景色はシュールレアリスムの風景画に早変わりした。

結局、その異状は二分ほどでどうにか治まったが……。

いつのまにかエリカが目の前に来ていて、こう訊《たず》ねてきた。

「どう護堂？　何か変わった感じはあるかしら？」

「まだ特にはわからないな。まあ、実際にいろいろ試せば、すぐにわかるだろ」

「さすがの雑さねえ」

感心するエリカの隣で、くやしそうにリリアナが言った。

「ご報告があります。プリンセスのお話では、あなたが『真の戦場』へ乗りこむとき、ひとりなら同行できるのだそうです」

「ひとりだけなのか？」

「うん。姫様がそういう霊視を得られたんだって」

今度は恵那が憤懣《ふんまん》やるかたない様子で訴えた。

その横で、祐理も悲しげに言う。

「そこで私たちは昨日の夜……誰がお供するかで話し合いの場を設《もう》けたのですが……」

「結論は出なくてさ。仕方ないから、くじ引きをしたんだよね」

「悪運の導きというべきでしょう。当たりくじはこの雌狐《めぎつね》のものとなりました。わたしとしては、不正の疑いを否定できないので、納得しがたいところです」

「負け惜しみね、リリィ。天に誓って、わたしにやましいところは何もないわよ？」

「ああ……」

祐理、リリアナ、恵那の三人がそろって暗い顔をしている。

代わりにエリカだけは最初から、いつもの優美さをキープしていた。護堂は納得したが、すぐに首をかしげた。

「でも、それって当たりくじか？　むしろ危険な決戦場につきあわされる貧乏くじって気が俺にはするけどな」

「あら護堂、こういう見方もあるわよ？」

澄まし顔でエリカは言ってみせた。

「世界の命運を懸けた一大マッチ——そのリングサイドへの招待券をみごとエリカ・ブランデッリが引き当てたともね」

「そうかあ？」

「どちらにしても感謝しなさい。あなたの戦いに最後までつきあってあげる」

「よし」

ここまで来れば、同行を許さないなどという話はない。

護堂は即座にうなずいた。エリカもふてぶてしく雌獅子《めすじし》の微笑を浮かべる。

そして仲間たちといっしょに昨晩泊まった部屋へもどり、プリンセス・アリスへ目配せをした。アストラル界への転移儀式をはじめてもらうためだった。

二時間後——。

アリスの霊体に誘《いざな》われて、護堂とエリカは『灰色の領域』にやってきた。

アストラル界の最果て、神々の領域の入り口である。

「ねえ護堂。ラーマ王子らしき軍神が富士山の方にいたという報告もあったのだけど。あちらは無視してよかったのかしら？」

「かまわない。あいつだったら、俺の動きにすぐ気づくだろ」

「……なんだか妬《や》けるわね。心の恋人みたいにあの方のことを語って」

「それでは草薙さま。さきほどお教えした手順どおりにどうぞ──」

プリンセス・アリスにうながされて、護堂はすぐにはじめた。

前回は世界の最果てを見とおすつもりで、運命神の領域を見出《みいだ》した。今回はそこへ乗りこむつもりで、感覚を研ぎ澄ます。

魔道のセンスなど皆無の護堂だが、今度はあのまずい霊薬三瓶もの薬効がある──

そして、護堂は転移をはじめた。

さっとエリカが腕に抱きついてきて、唯一《ゆいいつ》の同行者となった。

いよいよ最後の戦いのはじまり。

今、タイトルマッチのゴングが鳴ったという確信を──護堂は得るのだった。

第4章　再会、我が宿敵よ

1

……そして、時は流れて。

春休みが終わり、新学期となった。

草薙家《くさなぎけ》から城楠《じょうなん》学院へ向かう通学路、その途中に桜並木がある。

可愛らしいつぼみがふくらみかけるところから、可憐《かれん》に花開き、やがて満開へといたり、美しい桜吹雪《さくらふぶき》が舞い散るようになるまで、存分に楽しむことができた。

桜の時季もすっかり終わりだった。

「なあ静花《しずか》」

今朝は珍しく、妹と登校中だった。

隣を歩く草薙静花へ、護堂《ごどう》は声をかけた。

「おまえ最近、ひかりを子分にしてるんだって？」

「人聞きの悪いことを言わないでくれる、お兄ちゃん」

子供っぽく頬をふくらませて、静花は反論してきた。

「あたしは中等部から来た茶道部《さどうぶ》の新入部員をかわいがってあげてるの。それだけなんだから、変なふうに言わないで」

「まさか、ひかりがそっちの部に入るなんてな」

護堂はしみじみと言った。

万里谷《まりや》ひかり。護堂とも親しい万里谷祐理《ゆり》の妹。この春に城楠学院の中等部へ入学したばかりなのだ。

そして、草薙家の妹も今年から晴れて同学院高等部の一年生。

もちろん護堂も進級を果たしていた。もろもろ揉《も》めごとの絶えない一年間をどうにか乗り切り、高二生活がすこし前からスタートしている。

本当にこの一年、よく死ななかったものだ。

「結構、感慨深《かんがいぶか》いもんだなあ」

「やだお兄ちゃん、学年が上がったくらいで」

「そう言うなよ。俺には俺でいろいろあるんだから」

「ま、そうでしょうね。高校に入学して以来、特に女の子との交友関係がムチャクチャになったことだし。今もあいかわらずでしょ？　ひかりのお姉さんとか、エリカさんとか、リリアナさんとか、それ以外の人とか」

「ははは」

こういうときは多くを語らないにかぎる。

護堂はさらりと笑って受け流し、最近覚えたテクニックを使うことにした。攻撃的な人物は守備に専念させてしまえば、脅威度《きょういど》はかなり減るという……。

ちょうど格好の話題があった。

「そういうおまえも鷹化《ようか》をちょくちょく呼び出してるんだろ？」

「なに言ってるの。あたしのはそういうのじゃありませんっ。第一、陸《りく》くんって顔がいい割に女の子が大きらいじゃない」

ま、そうだろうな。護堂は内心でうなずいた。

陸鷹化が女子との恋愛に精を出すなど、太陽が西から昇るのと同じほどの椿事《ちんじ》であろうし、この妹もまあ――。

「陸くんって恋愛対象として考えなければ、面白い子だしね。変なコネとか胡散《うさん》くさい特技をたくさん持ってるし。たださ。この間、偶然あたしの友達の女子と陸くんが顔を合わせることがあって――陸くんに興味を持ったみたいで」

「鷹化のやつ、見た目は抜群にいいからな……」

「でも、紹介するわけにいかないよねえ」

「それだけは絶対にやめろ。ふたりを金輪際《こんりんざい》会わせないのが両方にとっての幸せだ」

「同感。あたしもそう思ってた」


——妹と話しながらの登校中も、体の奥底に『力』をたくわえていた。


授業がはじまった。

高二のクラス分けでは、万里谷祐理といっしょになった。

教室でふたりがすわる席も近い。授業中、ふとした拍子《ひょうし》に目が合うことも多い。

そういうとき、祐理はしとやかに微笑みかけてくれる。それだけで護堂はじんわり幸福な気分を味わえるのだから不思議だ。

同じ空間、同じ時間を共有するだけで、心が満たされる。

そんな関係を築けた相手がすぐ近くにいる。それは何より幸せなことなのだろう。

「護堂さん」

べつに休み時間のたび、護堂のそばに来るわけではない。

しかし、祐理が近くまで来て、ちょっとしたおしゃべりをし、なにより目と目で言葉以上の何かを共有し合える機会はかなりひんぱんにあった。

その充足感が放課後、護堂にこう言わせた。

「こういうのんびりした生活がずっと続けばいいのになあ」

「ふふふふ。それはどうでしょう？」

廊下から下駄箱まで来たところだった。

今のつぶやきを聞いて、いっしょに下校中の祐理が微笑んだ。

「護堂さんの場合、そんなことを言いながら、自分から嵐のなかに飛びこんでいきますから……。たぶん、のんびりしているだけでは満足できないのではありませんか？」

「飛びこむのはそれが必要だからだよ、万里谷」

護堂は精一杯、きまじめに訴えた。

「そうしないと解決できない揉めごとがあるからなんだ、そういうときは大体」

「ふふふふ」

それ以上のことは口にせず、ただ祐理は微笑むだけだった。

何か釈然としないものを護堂が感じつつも校舎の外へ出たとき。心やさしい媛巫女《ひめみこ》は通学カバンから一通の手紙を取り出した。

「そうでした。これを恵那《えな》さんからあずかっていたんです」

「あいつ、メールには全然返信しないのに」

時流に反するアナログぶりがいかにも清秋院《せいしゅういん》恵那らしい。

苦笑しながら、護堂は封書を受け取った。宛名書きの『草薙護堂様江』の達筆《たっぴつ》ぶりに、つい感心してしまう。

「清秋院って字が上手《うま》いよな」

「恵那さんに言わせると、書と剣は似たようなものだそうです」

「昔の剣豪みたいなカッコいい発言だけど、そういうものなのか？」

「どうでしょう？　私も書道をすこしたしなみますが、全然わからない感覚です」

「だよなあ」

――麗《うるわ》しき媛巫女と語らう間も、じっくり『力』をたくわえていた。

七雄《なお》神社へ行くという祐理と、護堂は別れた。

もうすこし放課後の校内をぶらつくことにしたのだ。

しばらく行くと、武道場のまわりに人だかりができていた。窓や入り口から場内をのぞきこんでいるらしい。

……こういうとき、騒ぎの中心に顔なじみがいる。

高一時代も、しばしば体験した事態である。護堂も野次馬のひとりとなり、武道場のなかをのぞいてみた。

そこではとんでもない試合が進行中だった。

ひゅんっ。ひゅんっ。ひゅんっ。竹刀《しない》が次々と空《くう》を切る。

はあ、はあ、はあ、はあ。面金《めんがね》の奥で、剣道部員が息を荒らげている。竹刀と防具一式で完全武装である。

体格から、剣道部員は明らかに男子であった。

それを軽やかに翻弄《ほんろう》するのは、フェンシングの剣士であった。

あの白いコスチュームにマスクのいでたち。ぴっちりした衣装のおかげで、女子としては抜群のスタイルがいやでもわかる。

右手に構えるのは、この競技用の細い剣『サーブル』。

男子の剣道部員、猛然とフェンシング女子に突っ込んで、ぶんぶん竹刀を振りまわし、必死の猛攻を繰り出していた。

フェンシング女子は右へ左へ軽やかに動き、剣道男子をいなす。

護堂にとっては見覚えのあるフットワークだった。まあ、体のラインを見た時点で女子の正体は見当がついていたのだが。

「エリカのやつ、何をやってんだ？」

ぴしり。ぴしり。ぴしり。ぴしり。ぴしり。

フェンシング仕様のエリカは剣道男子を〝いなす〟だけではない。避けると同時に剣を鞭《むち》のように振るい、日本剣道の防具を打つのである。

打つ箇所は面、小手《こて》、胴。その三点を繰りかえし打ちつづける。

エリカの打突《だとつ》が決まるたび、観客が「おおおおっ！」と歓声をあげる。

面、小手、胴。おおおおっ！　面、小手、胴。おおおおっ！　このループが七回ほど繰りかえされたあたりで、疲れ切った剣道男子がへたりこんだ。

これで終わりかと思ったら、選手交代だった。

「今度はリリアナかよ」

新たな剣道部男子とフェンシング女子の登場に、護堂はあきれた。

剣道部員に心当たりはないが、ぴっちりした衣装に身をつつむスレンダーな肢体《したい》はリリアナ・クラニチャールにまちがいないだろう。

軽やかなフットワークで剣道男子を翻弄する。そこはエリカと同じ。

あざやかな斬撃で相手をぴしぴし打ちのめす。そこもエリカと同じ。

ちがったのは、業《ごう》を煮やした剣道男子が体当たり気味に突っ込んできたことだ。リリアナは余裕のサイドステップで軽くかわして――

すかさず、狙《ねら》いすました足払い。柔道でいう『送り足払い』に近い。

これで剣道男子はみごとに宙を飛び、空中で一回転。武道場の床に背中から落ちるという失態を演じる羽目になった。

「おおおおおおおおおおっ！」

観客はこの日いちばんの大盛り上がり。

これに応《こた》えるため、ついにエリカとリリアナがマスクを取る。

紅き悪魔《ディアヴォロ・ロッソ》はもちろん華麗な笑顔を振りまいていた。きまじめな青き騎士も——冷静な面持《おもも》ちながら、客の盛り上がりにまんざらでもなさそうであった。

……そして三〇分後。

シャワーと着替えを済ませた騎士ふたりが校庭に来た。

「フェンシング同好会の発足に協力してほしいと頼まれたの。わたしとリリィの名前だけでも名簿に載《の》せていいかって」

護堂と落ち合うなりエリカが言った。

「ただ、名義貸しだけで済ませるのもあまり粋《いき》とは言えない気がしたのよ」

「それでさっきの試合かよ」

「ええ。デモンストレーションというやつよ」

剣道とフェンシングの異種剣術試合。しかもギャラリー付き。

護堂はぼやいた。なんともバカバカしいイベントだが、それで生徒たちを集め、あれやこれやと盛りあげるあたり、さすがエリカ・ブランデッリと言えよう。

「でも、それにリリアナまでつきあうなんてなあ」

「甘いわね護堂。リリィだって、なんだかんだで目立ちたがりですもの」

「わ、わたしはただ、同好会を作りたいというみんなの気持ちに応えようとしただけだ！　不純な動機は一切ないっ！」

「ふふふふ。でも、わたしより派手な勝ち方を狙っていたでしょう？」

「まさか。あれは体が勝手に動いただけだっ」

紅《あか》と青の女子たちがにぎやかに言い合っている。

万里谷祐理とのつきあいとちがい、彼女たちがからむと、平穏なはずの学校生活がとたんに派手派手しくなる。

きまじめなリリアナも、容姿は妖精のごとき銀髪美少女だ。

とにかく目立つ。そこに金髪のイタリア少女も加われば尚更《なおさら》だろう。まあ仕方ない。

護堂は笑って、彼女たちのやりとりを眺めていた。


……その間も護堂は『力』をたくわえていた。

力。もちろん呪力のことである。

神々とカンピオーネが各々《おのおの》の権能《けんのう》を振るう際、力の源《みなもと》となるもの。敵対的な呪術や権能に攻撃されたときは、呪力を高めることが対抗策になる。

強大な呪力を持つ者ほど、他者の呪力に強い耐性を発揮できるからだ。

城楠学院の校庭、その片隅。

エリカとリリアナがほがらかにおしゃべりし、護堂もいっしょにいる。

校庭には部活動にはげむ生徒たち、下校する生徒たちなどでにぎわっており、いかにもおだやかな学園生活の一コマであった。

しかし。

護堂の体の奥底に、十分なだけの呪力がついに貯まった。

それで心身を燃えあがらせて、強く念じる。この妙な〝幻影〟を打ち破ってやると。校庭から生徒たちが次々と消えていった。

ひとり、またひとり。最後にリリアナが目の前から消えた。

残ったのは護堂と、エリカ・ブランデッリのみ。

だがエリカはもう学園の制服ではない。あざやかな紅《くれない》色のロングTシャツに黒レザーのジャケットとパンツを合わせて、紅と黒《ロッソネロ》の装《よそお》いでまとめている。

「……前にも似たような攻撃を受けたっけな」

「……サトゥルヌスが顕《あらわ》れたときね。あのときは記憶まで書き換えられて、とんでもないことになったわ」

「まあ、とにかく」

護堂は美しき相棒にうなずきかけた。

「俺たちは『運命神の領域』ってやつにたどりついたわけだ」

2

運命神の領域。

自分で口にしてから、護堂《ごどう》はいぶかしんだ。

「……敵の本丸のはずなのに、なんで俺たちの学校なんだよ？」

生徒たちやリリアナは消えたが、校庭と校舎はそのままだった。

昨日、プリンセス・アリスに見せてもらった『絨毯《じゅうたん》のような織物が無限に続く領域』とは似ても似つかない。

「すこし見てまわりましょう、護堂」

エリカといっしょにふたたび校舎のなかへもどった。

上履《うわば》きにはきかえず土足のままだがかまうまい。よく知る廊下を通り、階段を昇り、連日のように訪れていた教室まで来た。

一年五組。護堂とエリカが所属するクラスである。

当然、同級生は誰もいなかった。校舎内は完全に無人だった。

「俺たちの教室――のはずだけど、ここではそうじゃないんだな」

護堂はつぶやいた。

教室の入り口には『一年六組』の札がかかっている。

新一年生の教室らしく、壁や黒板まわりに貼られた掲示物もすくない。

大量にならんだ机のなかをのぞいても、教科書やノートを〝学校に置きっ放し〟にしている生徒はほとんどいなかった。初々《ういうい》しい。

「さっきまで、本当に二年生へ進級したような気がしてたよ。変な感じだな」

「もしかしたら、ここは《未来》なのかもしれないわよ」

いきなりエリカに言われて、護堂は驚いた。

「未来⁉」

「ええ。草薙《くさなぎ》護堂とわたしたちが迎えるはずの――数カ月後。ラーマ王子との対決をどうにかしてパスして、世界が平穏を取りもどした場合の」

考えこみながら、エリカが語った。

「実はわたし、二月のはじめくらいに学校で頼まれたの。フェンシング同好会を作りたいから、名前だけでも貸してもらえないかって。その辺も全て織りこんで、わたしたちの未来をシミュレーションしたのか。あるいは未来そのものをここに持ってきたのか――」

「へえ……」

「実はサトゥルヌスのときとちがって、違和感が全然なかったのよね。すごく自然にあの状況を受け入れていたわ」

「俺もだよ」

さっきまで体験していた高校二年生としての生活、まったく自然なものだった。

仮想世界としての完成度は『完璧』であったと言ってもいい。

ただ、カンピオーネは呪的攻撃に強い耐性を持つ。しかも、同種の攻撃をすでに一回経験済みときた。護堂は〝仮想生活〟に没入しきることもなく、頭の片隅でずっと反撃の機会をうかがっていた――。

護堂は近くの机に腰かけて、ゆっくり教室を見まわした。

そして苦笑する。まあ、闘志に火のついた草薙護堂に肩すかしを味わわせて、勢いを削《そ》ぐという戦術だとしたら、なかなか悪くない。

「運命神ってやつも結構、抜け目ないもんだな」

こんなことで集中力を切らさないようにしなくては――。

幸い、まだ心中の闘志は萎《な》えていない。熾火《おきび》のようにくすぶりながら、爆発の時を静かに待っている。

その状態ゆえか、護堂の唇はいつしか獰猛《どうもう》な形に歪《ゆが》んでいた。

微笑である。すると、狙《ねら》いすましたようなタイミングで、エリカが横に来た。護堂と同じ机に腰かけて、しなだれかかってくる。

「いい、護堂？　運命神が織りなすものはもちろん『運命そのもの』だけど」

エリカは誘うようなまなざしで、護堂の顔を見あげた。

「過去・現在・未来——。『時間』をも司《つかさど》る存在だということも忘れてはならないわ。もう聞いている？　ギリシア神話のクローソー、ラキシス、アトロポスの三姉妹。北欧《ほくおう》神話のウルド、ベルダンディー、スクルドの三姉妹。インド神話のパールヴァティー、カーリー、ドゥルガーの三女神たち……」

「運命の三姉妹ってやつだな」

言いながら、護堂はエリカの唇をふさいでいた。

奪ったと言おうか、奪わされたと言おうか。短く濃密な口づけ。たがいの唇が離れると、今度は熱く見つめ合い——

「エリカ、頼む」

「ええ。あなたに必要なものを全部捧《ささ》げてあげる！」

ふたたび唇が合わさる。

今度は長かった。ふたりの口と口が溶け合って、ひとつになるのではと思うほどにおたがいの唇をむさぼり、舌を絡《から》め、唾液《だえき》の交換を繰りかえす。

そして、護堂のなかに知識が流れこんでくる。

魔術による《教授》のはじまりだった。

まず英雄ラーマチャンドラについて。以前にも教わった内容だ。

だが、護堂が真に求める知識はそれではない。エリカの魔術によって、それが続々と脳内に送りこまれてくる。

キスの合間の息継ぎをしながら、エリカは声でも語ってくれた。

「プリンセスがあなたに教えられたように、運命の三姉妹やそれに準じる運命神は——世界中に存在するわ……」

「彼女たちにはひとつの共通点がある。そこがとても重要なの……」

「〝あの民族〟こそが全ての謎を解く鍵《かぎ》となる……。それはラーマ王子の英雄譚《たん》が大陸の東西に伝播《でんぱ》するよりも遥《はる》か昔に起きた出来事——」

護堂との絶え間ないキスがエリカの息を荒らげさせていた。

その分、彼女の声と吐息《といき》は甘い。体も熱く火照《ほて》り、護堂の体に密着している。

全てを草薙護堂に捧げるため、なにより護堂を勝利させるために。

エリカ・ブランデッリの想いに応《こた》えるため、それらを全て受け止める——。

「エリカ。必ず俺のそばにいろよ」

もう何百回目かもわからない接吻《せっぷん》のあと、護堂は言った。

「世界はこのまま終わりを迎えるかもしれないし、おまえを必ず守るとか調子のいいことは絶

対に言えないけど。代わりに、俺が全力で戦うところを見せてやる……！」

「ええ、もちろんだわ」

護堂の腕のなかで、エリカはうっとりと言った。

「前に誓ったとおりよ。この世の終わりまであなたといっしょにいる――。だから護堂、わたしのことなんか気にせず、持てる力の全てを勝利のために使って！」

「まかせろ」

情愛と勝利のための長い儀式が――ようやく終わった。

決戦のための切り札がととのい、護堂とエリカは目配せを交わした。護堂が教室の窓の外を見やると、エリカはうなずいた。

すこし前から、ごろごろと雷鳴がとどろいていたのである。

いつのまにか――空が暗くなっていた。

雨と雷を降らす黒雲によって、天が埋め尽くされている。まるで決戦の準備は終了したと言わんばかりの舞台設定である。

もしかして。護堂はある可能性に気づいた。

「この学校に俺を放りこんだのは、時間稼《かせ》ぎもあったのかもな」

「地上からラーマ王子を呼びよせていたというわけね。たしかに、雷は『鋼《はがね》の軍神』のシンボルですものね」

護堂とエリカは腰を上げ、外へと歩きはじめた。

ふたりはまたも校庭へ出た。

さっきはおだやかな春日和《びより》だったが、今は春の嵐がはじまりそうな雲行きだ。雷鳴がとどろき、稲光もぴかぴかと閃《ひらめ》いている。

そんな天候のなか、護堂とエリカは校庭のまんなかに陣取った。

そして――

ひとりの男子生徒がこちらに近づいてくる。護堂たち以外、もう校内には誰もいなくなったはずなのに。

「……意外と似合うな」

「……あんな格好をする洒落《しゃれ》っ気《け》があったことも意外よね」

護堂もエリカも意表を突かれていた。

ふたりに近づいてくる男子生徒、なんと青い学ランに身をつつんだ英雄、ラーマチャンドラその人だったのだ！

「やっとおまえに会えたよ」

「僕もずっと、再会の時を待ちわびていた」

宿敵同士の会話はひどく自然にはじまった。

青い学生服を着て、英雄ラーマは微笑んでいる。彼の青白い髪と神がかった美貌には不釣り合いな、日常的すぎる衣服――。

なのに、あっさり着こなしていた。

護堂は笑った。

「なんだよ、それは。びっくりさせやがって」

「君が〝このような場所〟にいると知り、すこし工夫をしてみた。郷《ごう》に入《い》っては郷に従えともいうからな」

「ラーマ太子のなさりよう、わたしは楽しませていただきましたわ」

「やあ、君か。君ともひさしぶりだな」

会話に入りこんできたエリカにも、ラーマはさらりとあいさつした。

あいかわらずコミュニケーションが上手《うま》い。まつろわぬ神とは思えないほどだ。さわやかな言葉遣《づか》いに晴れやかな顔――。

気のせいだろうか。護堂は「?」と首をかしげた。

いつも錆《さび》のような疲れが、ラーマの美貌にはりついていたというのに。

「俺の勘ちがいか？　いい顔をしているな」

「自分ではわからない。だが本当なら、うれしい話だな」

歴戦の疲れと精悍《せいかん》さが、落ちない錆のごとくラーマ王子につきまとっていた。

古代ガリアでも、二一世紀の日本に再臨したときも。しかし今、かつてないほどに貴公子の顔は潑剌《はつらつ》としている。

夏休みを前にした子供、戦いの前のカンピオーネとでもいうように――。

「そういえばラーマ。おまえ、エリカたちに手加減してくれただろう？」

おもむろに護堂は言った。

「ラクシュマナのやつ、兄貴の矢筒《やづつ》から矢を拝借《はいしゃく》してきたとか言ってたぞ。それで俺の仲間たちを撃ったんだ。……でも、みんなぎりぎりで助かった。おまえ、矢を持ち出されることに気づいて――なにか細工をしたんじゃないか？」

「否定はしない。もともと僕の持ち物だ。むずかしいことではなかった」

ラーマの返答を聞いて、エリカがハッとしていた。

昨日、ラクシュマナの矢から仲間たちを救い得た理由。あの一帯の全てがふきとばなかった原因。真の所有者がおそらく矢の威力を抑えたのだろう――。

護堂の想像どおりだったようだ。ラーマは言った。

「あれは忘れてくれ。君に恩を売るためではない。ただ、僕らの決戦にあのような形で水を差すのは……あまり痛快ではないと思っただけだ」

「わかってる。この勝負は俺とおまえの一騎打ちであるべきだ」

護堂はうなずいた。

「いまどき時代遅れかもしれないけど、男と男の真剣勝負ってやつだからな」

「ふむ。いにしえの生まれである僕にはひどく斬新《ざんしん》な発想に思えるが。男と男の勝負……考えてみれば、今まで〝そういう戦い〟をしたことがない」

「まあ、おまえはそうだろうよ」

護堂が苦笑すると、相手も同じ表情になった。

世界の命運を懸《か》けて。魔王殲滅《せんめつ》の決戦ばかりを繰りかえしてきた大英雄。そういう次元の低い勝負事とはおのずと無縁だったはずだ。

護堂は手をのばし、エリカの額《ひたい》にふれた。そして念じる。

それだけでエリカ・ブランデッリの姿は——一瞬で『真紅《しんく》の宝玉』へと変化した。かつて斉《せい》天大聖《てんたいせい》と戦ったとき、幽世《かくりよ》の庵《いおり》で老神スサノオが見せた技だ。

あのときは万里谷《まりや》姉妹が櫛《くし》に変えられた。

得体《えたい》の知れない霊薬で魔導力の上がった今なら、真似できるはず。

確信にまかせて変化させた『エリカの宝玉』、護堂はポケットにしまい込んだ。ここがいちばん安全な——はずなのだ。

準備は万端《ばんたん》。ラーマに向けて宣告する。

「そろそろはじめようぜ」

「承知した」

「世界の終わりとか、魔王や運命がどうとか、うるさいことを言う外野は多いけどな。この勝負は結局、俺とおまえのどっちが勝つかってだけの話だ。あの《盟約《めいやく》の大法《だいほう》》が使えないのなら、今度こそ白黒つけられるだろう」

「ラクシュマナの方も安心してくれ。君にやられた傷がまだ癒《い》えていない」

「本当だな？　信じるぞ」

護堂はにやっと笑い、ラーマの目を見つめた。

稀代《きたい》の大英雄も、それをまっすぐに見つめ返してきた。

「今まで幾度も君に敗れてきた。胸を借りるつもりで挑ませてもらおう」

「俺より遥《はる》かに強いくせによく言うよ」

護堂の苦笑を受けて、英雄ラーマの衣装が替わった。

学生服から、いつもの白マントをまとう剣士の装束《しょうぞく》に。背中の鞘《さや》には長大なる『救世《きゅうせい》の神刀《しんとう》』が収まっていた。

この大刀を――ラーマがついに引き抜いた。護堂も身構える。

「おまえとの勝負はすっきりしない結果ばかりだったけど……これで最後だ」

3

神刀を抜いたラーマと、丸腰の草薙《くさなぎ》護堂《ごどう》。

両者の間に横たわる距離は、五メートルほどだった。

この大英雄との最終決戦がどう推移《すいい》していくか、まったく読めないが――これだけは絶対に必要となるはずだった。

護堂は神刀の名を呼んだ。

「天叢雲《あまのむらくも》」

日本の国宝でもある神刀が護堂の右手に顕《あらわ》れた。

刃渡り三尺三寸五分。刃の色は漆黒《しっこく》。刀身はゆるく反《そ》り、いわゆる彎刀《わんとう》に分類される。傍目《はため》には日本刀そのものだった。

が、それは柄《つか》の拵《こしら》えを日本刀のそれに似せてあるからだ。

天叢雲剣《あまのむらくものつるぎ》が〝現役〟であった時代は古代日本。まだ日本刀は存在していない。だが、その原型となった『蕨手刀《わらびてとう》』は造られていた。

大和《やまと》朝廷が蝦夷《えみし》の鍛冶師《かじし》に命じて、鍛造《たんぞう》させたともいう古代刀である。

蝦夷をはじめとする異民族をまつろわせてきた日本統一の戦い。血塗られた武略を象徴するかのように、天叢雲剣《あまのむらくものつるぎ》は〝黒い刀身〟を持つ。

ラーマが持つ救世の神刀、その神々《こうごう》しい輝きとはまさに好対照。

この黒き剣を、護堂はかまえることなく――

校庭の大地に突き刺した。

「例のあれ、いくぞ。《黒の剱《つるぎ》》ってやつだ」

『応《おう》!』

雄々《おお》しく応《こた》える天叢雲剣《あまのむらくものつるぎ》、その刀身から呪力のオーラが立ちのぼる。

黒き刃《やいば》より湧き出る力の色は——黒に近い紫であった。さらに大地が鳴動をはじめる。地の底から揺れと、『ごごごごごっ!』という重低音が伝わってきた。

魔女キルケーとアテナ、女神ふたりから伝えられた秘術。

草薙護堂、最大の切り札と言ってもいい。

その発動を目の当《ま》たりにして、ラーマは不敵に笑った。

「やはり、その大法《だいほう》を解き放つか」

ラーマは愛刀の切っ先を天にかかげた。

彼の頭上に白金色《プラチナ》の——光球が顕れる。地球儀ほどのサイズだが、すぐに巨大化していくはずだった。あれもまた英雄ラーマの必殺武器であった。

「白き救世《きゆうせい》の光よ、我が宿敵を討て!」

「おまえの方もやっぱりそれか!」

護堂は吠《ほ》えた。

盟約《めいやく》の大法が使えない今、救世の雷撃こそがラーマ最大の武器。ランスロットが神槍《しんそう》エクスカリバーを振るったときもふくめれば、何度あれに苦しめられたことか。

いちばん確実な防御法は『鳳《おおとり》』の化身《けしん》で逃げること。

しかし、護堂はそうしなかった。

「我が父の名は風《ヴァーユ》――」

代わりに言霊《ことだま》を唱え、右手を一振りした。

途端に護堂の背後から突風が生まれて、ラーマめがけて吹き抜けていった。

「なんだと!?」

驚くラーマが大きくふっとばされるほど、突風の威力は強かった。

ただし、あらゆる武芸に精通した貴公子は背中から地面に倒れる形になったものの、マントをひるがえしながらのあざやかな受け身を見せた。

一〇秒と倒れていることもなく、すぐさま身を起こし、立ちあがる。

流れるような身のこなし。華麗と言うしかない体術。しかし、ラーマは驚嘆《きょうたん》と賛辞を凛々《りり》しい美貌に浮かべて、護堂を凝視《ぎょうし》していた。

「草薙護堂、その権能《けんのう》はもしや――」

つぶやきながら、救世の神刀を振りあげる。

ラーマの頭上にまたしても白金色の光球が顕れた。

ぐんぐん高度を上げていき、地球儀程度だった球体はまたたく間に膨張《ぼうちょう》。すぐに直径一〇

○メートルはあろう巨大発光体へと成長した。
しかも、この光球は放電をはじめ、白金色の雷撃を無作為にばらまき出す！

かつて何度も見た『白き恒星《こうせい》』の顕現《けんげん》である。

護堂の《黒の剱》よりも発動にかかる時間が遥《はる》かに短いのだ。しかし。

「今まではそれにさんざん手こずらされたけどな！」

ふてぶてしく護堂は叫んだ。

つづけて詠唱《えいしょう》するのは、やはり、風神の言霊――

「我が父の名はヴァーユ。息子たる我の名はハヌマーン。おお、我はかの遥けき光と熱を求めて、いざ天の道を駆けあがらん！」

風の白猿神《はくえんしん》より簒奪《さんだつ》した権能、初の行使であった。

護堂の背後から風が生まれ、吹きすさぶ。さっきの突風など比ではないほどの強さで、轟々《ごうごう》たる暴風だった。

轟、轟、轟、轟、轟、轟、轟、轟、轟！

ふきすさぶ暴風はラーマの呼んだ巨大光球を取り囲むように、ぐるぐると台風さながらの反時計回りをはじめた。しかも暴風だけではなく。

サルの形をした巨大な影まで顕れて、『白き恒星』にとりついたのである！

この影が――雷撃を吸いこむ。白金色の光球が無作為にばらまく救世の雷、それを全て吸引してしまう。

護堂の呼んだ〝影〟を見あげて、ラーマがささやいた。

「我が副将ハヌマーンは幼い頃、太陽を奪おうとしたという。彼は太陽めざして天の彼方《かなた》に飛び立ったが、怒った雷神インドラの手で地上にたたき落とされた……。その逸話《いつわ》を再現せしめる権能のようだな」

「太陽以外にも火とか稲妻――ぴかぴか光るやつにはたいてい使えそうだけどな」

暴風とハヌマーンの影を呼び、熱エネルギーを吸収させる。

簡潔に言えば、そのような権能なのだろう。いずれ賢人《けんじん》議会とやらの誰かが大仰《おおぎょう》な名前を考えてくれるはずだ。

が、まあ、護堂自身には『ハヌマーンの影』程度の仮名で十分だった。

「こいつがあれば、おまえの電撃をしばらく抑えられる！」

「ならば、僕自身の手で仕掛けるまで！」

ラーマが軽やかに駆けて、距離を詰めてきた。

上段の構えから、救世の神刀を振りおろす。護堂を頭から一刀両断するはずの剣。その斬撃の鋭さ、速さが〝あれ〟を使用可能にする――。

「羽根持てる我を畏《おそ》れよ！」

ウルスラグナ第七の化身『鳳』の発動。

神速《しんそく》の動きを得て、護堂は神刀をかわしざま、ラーマの背後に回りこんだ。

が、心眼すらも易々《やすやす》と使いこなす大英雄はその程度で草薙護堂を見失うはずもなく、振り向きざまに剣を横一文字に振るう――。

護堂はこれも神速でかわした。

追いかけてくるラーマの剣、剣、剣。かわす。かわす。かわす。

そうこうするうちに、上空では『ハヌマーンの影』が電撃を吸収しきれなくなり、あえなく消滅していった。吹き荒れていた暴風もやんだ。

だが代わりに――闇《やみ》色の球体が空に顕現。

ついに《黒の剱》が稼働《かどう》しはじめたのである。

その闇はラーマの『白き恒星』に匹敵するほど巨大な球体で、万物を吸いあげる風――重力嵐を引き起こした。

猿神ハヌマーンの暴風から、全てを呑みこむ暗黒の吸引力への変化。

しかし、草薙護堂が起こした『嵐』に変わりはない。その影響から逃れるべく、ラーマは全身の呪力を燃やして、吸引力をはねのけていた。

「ふふふふ」

なぜかラーマが微笑んでいた。

「奇妙なものだな。僕は今、君との対決がたまらなく楽しい」

「俺は全然だぞ。俺よりもケタちがいに強いやつとの勝負なんて楽しめるものか」

「そうだろうか？」

「そうに決まってる。変なことを言うやつだな」

「いや。ならば、どうして君も笑っている？」

「………………」

「どうやら、僕たちは期せずして同じ境地に達しているらしい。このように得がたい経験を君と共有できたこと、心よりうれしく思う」

「だったら、手加減してくれてもかまわないぞ！」

「それはできない相談だ！」

上空では、巨大なる黒と白の球体がぶつかり合っていた。

白き星は無作為に電撃をばらまいている。黒き星はあらゆる物体を呑みこむ重力嵐をまき散らしている。

共に天地を揺るがすほどのエネルギーを放つ星たちだった。

黒と白の激突、相克《そうこく》はほぼ互角。だが、地上で戦う護堂とラーマの方は――

「哈《は》！」

珍しく気合い声を放ち、ラーマが斬《き》り込んできた。

神速で逃げようとした護堂にすべるような摺《す》り足で近づくや、怒濤《どとう》の斬撃を次から次へと打ち込んでくるのである。

もはや上段だけにこだわらず、中段も打つ。下段も狙う。

一瞬も休むことなく、ラーマの斬撃と刺突《しとつ》は繰りかえされる。

太刀《たち》さばきも体さばきも全て大河が流れるごとく。流麗《りゅうれい》であり豪壮。護堂めがけて放たれた数百の剣撃、その全てが格別に力強かった——。

護堂としては、神速でひたすら避けつづける以外の手が打てない。

剣が届かない間合いに逃げることも考えたが、そうなれば、あの厄介《やっかい》な弓矢を出されるかもしれない。ラーマは剣術以上に弓を得手《えて》とする戦士だ。

それは避けたい——だったら！

「おおっ！」

ラーマが驚嘆した。

喉笛《のどぶえ》めがけて放った両手突きの剣、その切っ先を護堂が左肩で受け止めたからだ。急所の喉ではなく、あえて肩を刺させた——。

「雄強《ゆうきょう》なる我が掲《かか》げしは……猛《たけ》き駱駝《らくだ》の印なり！」

「ぬうっ！」

言霊と共に、護堂は右のまわし蹴《げ》りでラーマの胴を強打した。

さすがの大英雄もたまらず苦悶《くもん》のうめきを発して、七、八メートルはふっとんだ。しかも救世の神刀は、護堂の肩に刺さったままだ。

ついにラーマの手から、輝く神刀が離れた――。

蹴りの威力と耐久力を引きあげる『駱駝』の化身、その戦果であった。

「こいつを頼むぞ！」

護堂はすかさず救世の神刀を肩から引き抜き、空に放り投げた。

重力嵐の風に乗って、さんざん護堂を苦しめてきた剣が《黒の剱》の暗黒星へと吸いこまれていく……。

まあ、すぐにもどってくるかもしれないが、しばらく時間は稼げる。

護堂はあらためて、ラーマをにらんだ。

徒手空拳《としゅくうけん》になった『最後の王』は、白マントを脱ぎ捨てるところだった。

「実は無手《むて》の技も――決して苦手ではない。僕の拳術、披露《ひろう》させてもらおう」

「もちろん、そうなんだろうとは思っていたよ」

もはや予定調和である。護堂は苦笑いした。ラーマも微笑した。

カンピオーネと魔王殲滅《せんめつ》の勇者、丸腰のまま歩み寄り、ふたり同時に右の上段まわし蹴りを繰り出した！

両雄の足――脛《すね》と脛が激突し、『X』を描く形で交差する。

第二ラウンドのはじまりであった。

4

ラーマの配下ハヌマーン、彼は独特の拳術の使い手だった。

跳びまわる猿のごとき軽捷《けいしょう》さで拳を放ち、蹴《け》りを繰り出していたものだ。

ほとんど動きを止めることはなく、幾度となくジャンプと跳び技を繰りかえす。迅速果敢《じんそくかかん》にして縦横無尽《じゅうおうむじん》という、奇抜なる武芸であった。

対して、その主《あるじ》は――

「哈《は》！　哈！　哈！　哈！　哈！」

真正面から護堂《ごどう》に近づき、遠ければ蹴りを放ち、近ければ拳を突き込む。

さらに間合いが詰まれば密着することをいとわず、レスリングのごとく組みついて、護堂を投げ、あるいは地面に打ち倒そうとする。

蹴り、拳打、組み技など、多彩な技を流れるように仕掛けてくる。

それも、その局面で最も効果的であろう技をだ。護堂の意表を突くためにいきなり奇抜な攻撃を繰り出すような真似はしない。

あくまで正道、王道、正攻法による正面突破を試みてくる――。

「くそ。そういうの、かっこいいじゃないか！」

思わず護堂は毒づいた。

魔王と呼ばれる自分たちよりも、よほど『王者の戦い方』だ。

ラーマの武術とくらべればサルバトーレ・ドニの無想剣などもやはり邪道。王者の威風で張り合えるとしたら、義姉《あね》・羅翠蓮《らすいれん》くらいだろう。

今もラーマがしなやかな鞭《むち》のごとき中段蹴りを放ってくる。

これを護堂は『獣《けもの》』となることで防いだ。脇腹《わきばら》を抉《えぐ》るはずの蹴り、これを地面に四つん這《ば》いになって、かわしたのである。

すかさずラーマは、蹴り足を真下に落としてきた。

地に伏した護堂の背中を踵《かかと》で蹴り砕くためだ。真上からの攻撃、護堂はごろごろ地面を転がって、どうにか外させた。

そして、倒れた体勢のまま全身を独楽《こま》のごとく回転させ、変則のまわし蹴り！

ラーマの腰椎《ようつい》を狙《ねら》った一撃だった。

正道を往《い》く勇者は逃げず、右の肘打《ひじう》ちを護堂の蹴り足に落としてきた。

本当なら、これで護堂の足は破壊されていてもおかしくないが――

「くっ！　なんという蹴りの一撃だ！」

「おまえの方こそ、しぶといやつだな！」

肘打ちを蹴りに合わされた。

だが『駱駝《らくだ》』によって鋼《はがね》のごとく強化された足は無傷。代わりにラーマの右腕を衝撃で痺《しび》れさせて、しばらく使い物にならなくした。五体全てを武器とする大英雄とはいえ、すくなくないハンディとなるはずだった。

そろそろ仕掛け時か——。

倒れたまま蹴りを放った護堂、ゆっくりと立ちあがる。

ただし、姿勢よく直立はしない。やや前かがみになり、腰を落とし、前に出した右足はつま先立ち。飛びかかる直前の猫のような立ち方である。踏み込むも退《ひ》くもよし。横に跳んで、地面にふたたび倒れるもよし。そういう体勢だった。

正統の武術など、護堂は何も知らない。

闘志と本能が導き出したスタイルだった。まあ、技倆《ぎりょう》で圧倒的に勝るラーマと正攻法でやり合っても仕方ない。いざとなったら、さっさと地面に寝っ転がって、まともな攻防を避けるのが吉だった。

そんな護堂を見て、ラーマが微笑む。

「まさしく獣の闘法だな、草薙護堂」

「そんなかっこいいものじゃない。単に必死なだけだ」

護堂とは逆に、ラーマは姿勢よく直立していた。

重心が前後左右のいずれにも偏《かたよ》っていない。天に向かって、まっすぐ屹立《きつりつ》した柱のごとき立ち方だ。この体勢から、あらゆる方位へ自在に動く。『立つ／歩く』という体術・武術の根幹を誠実に磨き抜いたからこそできる芸当だった。

思えば、武林《ぶりん》の至尊《しそん》・羅翠蓮も歩法《ほほう》をきわめた武術家だった――。

「本当にとんでもない相手だよ」

護堂は苦笑した。

ずきずき左肩が痛む。さっき神刀を受け止めた傷口だ。

頭の痛みもひどくなってきた。やはりチャンスは一度きりか……。全財産を次のサイコロに賭けるつもりで、護堂は深呼吸した。

「渾身《こんしん》の一撃を仕掛けるつもり……ということかな？」

ラーマに声をかけられて、護堂はうなずいた。

「そんなところだ。お手やわらかに頼む」

「つまり手加減無用だと？　ふふふふ、僕にも君たち神殺し独特の言いまわしが――だいぶわかるようになってきた」

「勝手に勘ちがいすんな。俺の気持ちは本当に言葉どおりだぞ」

「そういうことにしておこう」

「ふん」

たわいないやりとりの間にも、闘気は張りつめる。

そして炸裂《さくれつ》。いきなり護堂は駆け出した。それも神速で。『駱駝』の化身《けしん》だけでなく、先に発動させた『鳳《おおとり》』も——ずっと使いつづけていたのである。

化身の二重使用には、耐えがたい頭痛という代償を払わないといけない。

しかし、それでも護堂は併用をやめなかった。

神速を用いた奇襲、どこかでラーマに仕掛けられるからと。

(どうせ一回程度しか——無理だと思ってたけどな!)

だが、その一回は全財産をなげうってでも、買う価値がある。

ラーマめがけて神速の全力疾走。彼に向けてジャンプして、『駱駝』の脚力による空中右まわし蹴りで頭を狙う。

まだラーマは右腕を使えない。右腕によるブロックや迎撃はない。しかし。

「見えているぞ、草薙《くさなぎ》護堂!」

「だろうな!」

心眼の使い手は喝破《かっぱ》し、護堂も認めた。

事実、ラーマはほんのすこしだけ後ずさりして、神速蹴りの間合いから数センチのみ離脱しようとしていた。ぎりぎりの回避で護堂の蹴り足に空《くう》を切らせる。直後に放った報復の一撃を護堂はかわせない、はずだった。

後《ご》の先《せん》。防御即攻撃。攻防一如《いちじょ》のまさしく神技であったのだが。

「だあああああっ！」

護堂は吠《ほ》え、神速の空中まわし蹴りを直撃させた。

最も蹴りの威力が乗った足の甲で、ラーマのこめかみを打ち抜いた。

「ぐあっ⁉」

クリーンヒット。ラーマが倒れていく。

……ここに至るまで、護堂は神速の動きを何度も見せてきた。

しかし、それは正真正銘の最高速より、五％ほど〝遅い〟ものだった。黒王子アレクより学んだ神速の緩急《かんきゆう》をコントロールする法である。

九五％を見切りつづけていたラーマへ、一〇〇％の神速で奇襲を仕掛ける。

上手《うま》くいくかは一種の博打《ばくち》。しかし、今までよりもわずかに速い蹴り足はみごと大英雄の心眼を狂わせた――。

かくして、英雄ラーマチャンドラは背中から大地に倒れていった。

そこに護堂は馬乗りになる。『ガッ！』と右手の拳を振りおろし、ラーマの顔のすぐ横――つまり地面を殴《なぐ》る。

「……君の蹴り、以前より威力がなかったようだが」

護堂にのしかかられたまま、ラーマが不審そうに言った。さすが軍神、こめかみ《テンプル》を痛打されてもけろりとしている。

「僕はもう二度も、君の蹴り技によって斃《たお》されている」

「どっちもおまえが復活直後でへろへろのときとか、暴走してたときだから、参考にならないだろ。そんなことより」

ラーマを見おろしながら、護堂は言った。

「今までのどの戦いよりも……すっきりした形で決着をつけようと思ってな」

敵に馬乗り——総合格闘技で言えばマウントポジションである。

しかし、護堂は押さえ込みに入るでもなく、拳も打ち込まない。ただラーマを見おろしているだけ。

地上で最も聡明《そうめい》であろう貴公子は、怪訝《けげん》そうに言った。

「どういうことだ?」

「まあ、殴り合う前に言うこともできたけど。『こういうの』はやり合ったあとでないと、素直に受け入れてもらえない気がしたんだ」

「?」

「こういうことだよ、ラーマ」

護堂は——『最後の王』の頬を軽く撫でた。

パンチでも、頸《くび》を絞めるのでもない。単なるスキンシップとして。

「おまえ、俺と友達にならないか? 結構上手くやれると思うんだけどな、俺たち」

倒れこんだままのラーマと、馬乗りになった護堂。

ふたりの上空では、双子星のごとき黒と白の球体がぶつかり合い、吸引の重力嵐と救世の雷撃で力比べを続けていた。

全てを暗黒星にひきよせる暴風が吹き荒れ、必殺の電光が放散を繰りかえす。

そのような空のもと、魔王と軍神はたがいを見つめ合うのだった。

第5章　運命の糸、断ち切るべし

1

「僕と君が友に……？」

「ああ。五回もやりあえば十分だ。そろそろ手打ちにしよう」

ラーマの体から降りて、護堂《ごどう》は言った。

もうマウントポジションではない。中腰になり、右手をさしのべた。

「で、いっしょに『運命なんかクソ喰らえだ』って、高みの見物を決めこんでるやつにケンカを売りにいくんだ。俺たちふたりなら、きっと勝てる」

「我が庇護者《ひごしゃ》である——運命を司《つかさど》る者に、か？」

「庇護なんかされてないだろ」

ここだけは譲れない。護堂はきっぱりと言った。

「いいようにどさ回りをさせられているだけだぞ、おまえ」

「はははは」

ラーマは笑った。長い笑いだった。

大地に寝ころんだまま、ひとしきり笑い、笑い、目に涙をためながら、ついに古代インド生まれの大英雄は痛快そうに言った。

「いや！　実は僕自身もうすうす──そのように感じていた！」

「だろう？　魔王殲滅《せんめつ》の戦いを何千年やってたのか知らないけど。義理はもう十分に果たしたんじゃないか？」

「ははは。そういう見方もあるのか」

晴れやかに笑い、ラーマは仰向《あおむ》けのまま手を差し出した。

右手だった。ついに痺《しび》れがとれたのだ。この手は戦うためでなく、護堂の右手をつかむために差し出されたものだった。

もちろん、護堂はしっかりとにぎりしめ、ラーマを助け起こした。

右手で握手し合ったまま、ふたりはそろって立ちあがった。

「運命なんてクソ喰らえ。君たちらしい言いまわしだ」

「王子さまには、ちょっと下品だけどな」

「いや。その粗野さが逆に、情感を強く表現するための要訣《ようけつ》となっている。運命など糞《ふん》でも食べているがよい——。たしかに、僕が口にすべき言葉なのだろう」

　自分流に言い換えたあとで、ラーマはつぶやいた。

「不思議だな。戦う前に言われていたら、君の助言を……素直に聞けなかったと思う。だが今はちがう。なぜかはわからないが……」

「たぶん、おまえも『男』だってことだ」

　卑俗《ひぞく》な人間的感性にまかせて、護堂は言った。

　男。男の子。あるいは『人間』と言い換えてもいいのかもしれない。『最後の王』はそのまっすぐさと聡明《そうめい》さゆえに、あまりに人間的なのだ。

　護堂はずばりと言った。

「あと、べつに殴《なぐ》り合いでなくてもいいけどさ。なにかしら特別なイベントで、もやもやした心をすっきりさせたあとでないと——意地とか義理に邪魔されて、『本当の気持ち』のとおりに行動できないんだよ」

「含蓄《がんちく》に富んだ言葉だな。すばらしい」

「受け売りだから、俺を誉《ほ》めなくてもいいぞ」

「ほう。いずれの賢者がその金言《きんげん》をおっしゃったのだ？」

「ブラック企業に勤めていた、俺のバイト先の常連。おまえと似たような境遇の人、今時は人間の世界にも多いんだ」

「はははははは！」

古代インドの英雄が現代用語を知っているとも思えない。

しかし、稀代《きたい》のコミュニケーション上手は会話の流れでニュアンスをつかんだらしく、はじけるように爆笑した。

彼と護堂はいまや、肩をならべていた。

一八〇センチの草薙《くさなぎ》護堂より、ラーマの方が五センチほど長身だ。

ふたりでそろって仰ぎ見るのは、空中で争っていた黒と白の球体たち。しかし現在、ふたつの『星』は重力嵐も電撃も発するのをやめて、空に鎮座《ちんざ》している——。

ちなみに。

暗黒星と白き恒星《こうせい》が衝突を繰りかえした結果、草薙護堂の地元と母校を模した疑似空間はほとんど更地《さらち》と化していた。

校舎や周辺の家々、建造物が根こそぎ破壊されたからだ。

土のグラウンドやアスファルトの道路ばかりが延々と続く空間だった。

だが、その殺風景な景色がいきなり一変した。いつのまにか、護堂とラーマの踏みしめる地面が『絨毯《じゅうたん》のような織物』になっていた。

昨日、アリスの手引きで見た〝運命神の領域〟である。

水平線の彼方《かなた》まで、この織物がひたすら続いている。おそらく、どこまでいっても果てはないのだろう。

真の敵がいるはずの領域、ついにあるべき姿にもどったのだ。

そして――

護堂の創り出した暗黒星から、救世《きゅうせい》の神刀《しんとう》が飛び出てきた。

生きた鳥のようにまっすぐ飛んで、空中の一点で待ち受けていた少女の手に収まる。七、八歳かと思われる幼さで、全裸であった。肩までの金髪。肌は白い――。

「あれは!?」

「かつての我が支援者――運命なるものの総括者《そうかつしゃ》だ」

共に空を見あげるラーマが教えてくれた。

護堂はプリンセス・アリスの言葉を思い出した。運命を司る者たちは三姉妹で、さらに古い形も女神であった。

男ふたりの視線を受けながら、運命の女神が刀を振りあげる。

救世の神刀、その切っ先で『白き恒星』を指す。

途端に、放電がまた再開された。

暗黒星の隣で、和解を果たしたはずの白き巨星が救世の雷をばちばち放出させ――ようとしたのである。しかし。

「かつての我が庇護者、運命の担《にな》い手よ」

放電はすぐに終わった。

天に向かって、ラーマが呼びかけたからだ。

「救世の名を贈られし剣はあくまで我、ラーマチャンドラの所有物。たしかに、長くあなたのために尽くした道具ではあるが……それだけで奪われる謂《いわ》れはない」

空に浮かぶ少女《運命の担い手》。

その手に一度は収まった神刀がいきなり自《みずか》ら動いた。

宙へ飛び出すなり、稲妻のごとく地上へ降り、ラーマの眼前に突き刺さった。絨毯のような織物の上に。

神刀本来の振るい手は、これを速《すみ》やかに引き抜く――。

「此度《こたび》、ラーマチャンドラはあなたにこそ救世の刃《やいば》を向けよう。世を救うためではなく、闘争を求める我が心にまかせて」

この世の最後に顕《あらわ》れる王、おごそかに宣言した。

これを聞いて、《運命の担い手》はあくまで無表情。目もうつろだ。しかし、彼女のまわりにおびただしい数の『刃』が顕れた。

短刀のそれと、形も大きさも同じほどの刃だった。

数千個はあるだろう。運命の糸を断ち切ることもあるのだという彼女、もしかしたら、その役目のために刃物を常備しているのかもしれない。

そして数千の刃、それら全てが地上へ急降下してきた。

ラーマと護堂めがけて。英雄と神殺しをめった刺しにして葬るために!

ならば護堂は——

「我は言霊《ことだま》の技を以《もっ》て、この世に義を顕《あらわ》す!」

ついに剣の言霊を唱えた。

無数の光球を呼び出して、宙を満たしていく。

「運命と時間を司る神、女神たち。その神話は世界中に存在する。ギリシア神話のクローソー、ラキシス、そしてアトロポス。北欧《ほくおう》神話のウルド、ベルダンディー、スクルド。彼女たちの多くは創造・維持・破壊をそれぞれ分担する三姉妹だ」

ウルスラグナ最後の化身《けしん》『戦士』の始動である。

護堂とラーマを取りまく形で、黄金に輝く光球をびっしりとならべた。

光のひとつひとつが『剣』、運命神なるものを斬《き》り裂くための刃であった。いわば槍衾《やりぶすま》をならべて、自分たちの防護壁にするのと同じだった。

そして、空より降ってきた数千の刃は——

黄金の光球たちによって、ことごとくはじき返された。

「何よりも忘れてならないのは、いにしえのインドにこそ彼女たちのルーツ、原型があるという事実だ。ギリシア、ローマ、北欧、インド……。時と運命に関《かか》わる女神たちが神話に登場する地域には――ひとつの共通点がはっきり存在する」

護堂が生み出した『剣』、運命神とやらの刃とほぼ同数であった。

空に浮いたまま《運命の担い手》は無表情に手をさっと一振り。さっきはじかれた数千の刃がふたたび護堂たちへ殺到する。

しかし、迎え撃つ側の護堂はどこまでも冷静につぶやく。

「それはいずれの土地もインド・ヨーロッパ語族が文化を発展させた地域ということだ。古代のインドを故郷とし、そこからコーカサスを経《へ》てギリシア、南欧、中欧、北欧、ついには西の果てであるイギリスの島々にまで到達した。時と運命を司る運命神という概念《がいねん》は、この民族――印欧《いんおう》語族によって、世界に流布《るふ》されたんだ！」

運命神を斬り裂くための呪言《じゅごん》、言霊。

これによって黄金の光球たちはより斬れ味を鋭くして、空より降ってきた数千の刃をまたしてもはじき返す――だけではない。

今度はひとつ残らず、粉々に打ち砕いた。

運命神の号令で飛来した刃、数千本を全て粉砕してみせたのである！

「遥《はる》か超古代の印欧語族によって、発明され、拡散された『時間と運命を司る女神たち』という原型イメージは、やがて――世界中に広まっていく。インド・ヨーロッパ語族と直接の関わりを持たない地域にまで伝播《でんぱ》していく。それだけ、この神話に感情移入する人々が多かったという事実の証明だ……！」

運命の女神が放った刃をことごとく撃破した。

いずれの刃も、猛スピードで鉄板に激突したガラス片のごとく粉々になった。

しかし、護堂は首をかしげた。もちろん、『剣』が役に立たないと困るところではあるのだが——思わず言った。

「おまえの元ボスの武器、もろすぎないか？」

「まあ、無理もない」

ラーマの返答は簡潔だった。

「もともと巨大なる運命を管轄《かんかつ》することに特化した存在。一箇の神として神殺しと対決するなど——彼女の職分ではないのだ」

「そういうことか」

うなずく護堂へ、ラーマがさらに言った。

「もし、より強き敵を求める神殺しの魂が不満を覚えているのなら、安心するがいい。もちろん、あの程度で終わる《運命の担い手》ではない」

「いや、あのくらいの強さで全然十分だぞ」

「ならば悪い報《しら》せだ。彼女はどうやら助っ人を呼んだようだ」

ラーマの言葉と同時に、空中に浮いていた《運命の担い手》はふっと消えた。

代わりに、虚空《こくう》より巨人が湧き出てきた。

筋骨隆々《きんこつりゅうりゅう》とした、野性味あふれる壮年の大男だった。

その巨体、身長十数メートルはあるだろう。ぼさぼさの蓬髪《ほうはつ》が印象的だ。衣装はすりきれたマントに薄汚いボロ布、革の胸当てにサンダル。

だが、粗末な身なりに反して、すさまじい『王』の威厳もまとっている。

この大巨人が地面──運命神の織りなす絨毯の上に『ずしん！』と降りてきた。

「あいつは……！」

護堂は心の底から驚嘆《きょうたん》した。

まさか、あいつとこんなところで再会するとは。

「おまえ──メルカルトじゃないか！」

「くくく。ひさしぶりだな、若き神殺しよ」

大巨人がほくそえむ声、さながら雷鳴の響きであった。

なつかしいサルデーニャ島での冒険と、それに続くシチリア島での戦い。その双方で草薙護堂と関わることになった。

彼の名はメルカルト。もしくはバアル。

古代フェニキア人、そしてセム語族系の諸民族が崇《あが》めた神王である。

2

「なんでおまえがここに来るんだよ!?」

「運命の糸とやらに導かれて、だ」

驚愕《きょうがく》する護堂《ごどう》へ、巨神メルカルトはにやにや笑いかける。

その声は雷鳴さながらにとどろく、だけではない。ひゅうっと吹き抜ける風となり、運命神の領域を軽快に駆けていく。

「小僧。貴様と余の間に結ばれた逆縁《ぎゃくえん》の糸――その存在に運命の担《にな》い手とやらは気づき、一計を企《くわだ》てたのだな。すなわち、この糸をたぐり、余を貴様の眼前へと顕現《けんげん》せしめ、再戦の場を設《もう》けるという……」

さすが嵐の神というべきか。

メルカルトの長広舌《ちょうこうぜつ》は吹き荒れる風となり、轟々《ごうごう》と空気を揺らしはじめた。

たたきつける風。渦巻く風。逆巻く風。横風。旋風。風。風。風。風。ついには本格的な嵐となって、びゅうびゅうとうなりをあげる。

猛烈な強風を浴びて、まともに立っていることもむずかしくなりそうだ――!

その風に負けじと護堂は叫んだ。

「神の世界の王様が――運命の糸なんかの言いなりになって、俺とケンカするためにわざわざ呼び出されたのかよ！」

「ははは、よいではないか。これも座興《ざきょう》だ！」

神王の称号にふさわしい鷹揚《おうよう》さで、メルカルトは豪快に笑った。

「貴様ごときと引き分けたこと、余の汚点であるのはたしかだからな。この機会に拭《ぬぐ》い去るのも悪くない！」

嵐の中心に仁王《におう》立《だ》ちする古代フェニキアの神王。

全身より呪力をほとばしらせながら、ひときわ高らかな大音声《だいおんじょう》で叫ぶ。

「どれ、我が武具をひさかたぶりに喰らわせてくれようぞ。来《き》たれヤグルシ！　駆けつけよアイムール！」

虚空《こくう》の彼方《かなた》より、メルカルトと同じほど巨大な棍棒《こんぼう》が飛んできた。

しかも、ふたつだ。魔法の棍棒ヤグルシとアイムール。どちらも拾った木ぎれを適当に削《けず》って、乱雑に形をととのえた程度の代物《しろもの》である。

だが、竜にして海神でもあるヤム・ナハルを殺《あや》めた神器《じんぎ》であった。

ただの棍棒であるはずがない。ラーマの神刀と同じく、『雷』の化身《けしん》である。そして、棍棒二本の飛来と共に、天より稲妻が降る！

ゴォォォォォォオオオオオオオンンンンンンンッ！

ゴォォォォォオオオオオオオォォォォンンンンンンンッ！

天下る稲妻はひとつきりではなかった。

どこまでも広がる運命の織物を大地と見なして、幾千もの雷が雨よ霰《あられ》よとばかりに降りそそいできた。ほとばしる電光・雷撃の激しさ、量、濃密さ、ラーマが操った《神刀の曼荼羅《まんだら》》にも負けないほどであった。

そこに雨と暴風も吹きつけてくる。

護堂は呪力をめいっぱい高めて、雷への耐性も高めた。そして。

「来るぞ！」

とっさに身を伏せる。

電光に撃たれまいと頭を低くした、だけではない。

コンマ数秒の差で巨大な岩塊《いわくれ》にも似た武器——空飛ぶ棍棒ヤグルシが頭上を通りすぎていった。突風のごとき速さであった。

ラーマの方も身を低くして、飛んできたアイムールをやりすごしていた。

しかし、そこに巨神メルカルトの哄笑《こうしょう》が響く。

「ふははは！　虫のごとく小さい分、すばしこいものよな！」

ぎゅん！　ぎゅん！

対《つい》となる魔法の棍棒ヤグルシとアイムール、同時に空中で縦《たて》に旋回し、真下めがけて急降下していく。今度は二本とも同じ標的を狙《ねら》っている！

狙われた盟友を案じて、護堂は叫んだ。

「ラーマ！」

「くっ――ならばこうだ！」

まだラーマは身を起こしていなかった。

が、彼の全身からも白い電光がばちばちと放たれた。これがヤグルシとアイムールをそろってはじきかえす。

鋼《はがね》の軍神たちは不死の属性を持ち、雷の申し子でもある。

同じく電光の化身である棍棒ヤグルシ・アイムールさえも、同じ力である程度は押しかえせるのだろう。

ふたりはうなずき合いながら、そろって立ちあがる。

「あれをどうにかして止めないとまずいぞ、ラーマ！」

「同感だ。ならば力を合わせていこう！」

向こうの武器がふたつなら、こちらにも仲間がいる。

まずラーマが救世《きゅうせい》の神刀《しんとう》を天にかざした。その切っ先が指ししめすのは、電撃の放射をやめていた『白き恒星《こうせい》』――。

「我が英名にかけて、西方の王より放たれた刺客《しかく》を打ち砕け！」

白き星より無数の雷がほとばしる。

これら全ての標的となるのは魔法の棍棒ヤグルシ。竜殺しの逸話《いつわ》を持つ武具は『最後の王』の切り札によって、大きくふっとばされた。

護堂の方も、空に浮かんだ『暗黒星』へ命じる。

「飛んで火に入るなんとかだ！　まかせたぞ！」

万物を呑みこむ吸引力の解放。

重力嵐の回転がはじまる。暗黒の星に向かって、風が吹き荒れる。

それは嵐の王メルカルトの暴風を圧するほどの力であった。そして、魔法の棍棒アイムールの飛ぶコースをねじ曲げさせて、すっぽり暗黒星のなかへ呑みこんでしまった。

そして、護堂は――

「我は言霊《ことだま》の技を以《もっ》て、世に大義を顕《あらわ》す！」

言霊を唱えて、巨神メルカルトをにらんだ。

敵の性質を深く洞察し、理解する。それもまたウルスラグナ十番目の化身『戦士』の能力である。その眼力ゆえに護堂は気づいた。

「見えたぞ、運命の糸！」

身の丈《たけ》十数メートルの巨神、その手足や逞《たくま》しい胴体に糸が絡《から》みついている。

きわめて細い、光の糸であった。

これらは巨神の立つ地面――運命神の手で創られた織物より生えていた。まるで草木の蔓《つる》が大地より這《は》い出てきたように。

「悪いがおまえはここまでだ！」

己《おのれ》の背後でひかえていた数千もの光球、『剣』の言霊たち。

護堂はその一部を次々と飛ばして、散弾銃の射撃のごとくメルカルトを襲わせた。無論、この『剣』にフェニキアの神王を斬《き》り裂く霊験《れいげん》はない。しかし。

巨神に巻きついた『運命の糸』、全て断ち切ることはたやすかった。

「くくく。抜け目ない戦士となったな、神殺しよ」

にやにやとメルカルトは笑った。彼の姿がいきなりぼやけていく。

「そういえば、前《さき》の戦いが終わる間際《まぎわ》に言ったな。是非《ぜひ》にと再戦を渇望《かつぼう》するほどの逆縁も貴様との間にはない、と。ふふふふ。余と貴様の関《かか》わり、それが本来あるべき形だ。運命の導きとやらに乗ってやるのも、まあ、この程度でよいだろう」

メルカルトの巨体がふっと消えた。

吹き荒れていた暴風もすぐさま凪《な》いだ。上空の白き星と暗黒星も対決すべき相手を見失い、ふたたび沈黙する――。

護堂は眉をひそめて、つぶやいた。

「どうにか片づいたけど、やっぱり、これで終わりってことは――」

「なさそうだぞ、我が戦友よ。新手《あらて》が来る。しかも、僕たち双方の旧知でもある！」

「なに!?」

ラーマの警告に驚愕《きょうがく》した瞬間だった。

護堂は直感した。雷のごとき速さと勢いで、殺気と闘気が急接近してくる！

「はははは。ひさしいのう、おぬしら！　わざわざ招待されたのも何かの縁、孫《そん》さま直々《じきじき》に降臨してやったぞ！」

「ふっ。一度は盟主《めいしゅ》と仰《あお》いだ男に刃《やいば》を向けるのも妙なものだ！」

呵々大笑《かかたいしょう》する斉天大聖《せいてんたいせい》・孫悟空《そんごくう》と、クールにほくそ笑む英雄ペルセウス。

共に如意金箍棒《にょいきんこぼう》と、大きな彎刀《わんとう》をそれぞれの相手に繰り出しながらのあいさつだった。斉天大聖は神殺しへ、ペルセウスは同じ鋼の英雄へ。

ガキィイインッ！

鋼と鋼がぶつかる音。

古き太陽神でもある男の一刀、ラーマがみごと救世の神刀で受け止めたのだ。

そして、護堂を襲った斉天大聖の如意棒は——

「あいかわらず智恵がまわりかねているようだな。余がいることを忘れるとは」

「ぬうっ！　いいところで邪魔しおって！」

振りおろされた如意金箍棒、がっちりと楯《たて》が受け止めていた。

菱形《ひしがた》の楯。この形の方が馬上で取り回しやすいという。ラーマが警告を発した瞬間、護堂の背後より飛び出てきた軍神の楯だった。

湖の騎士にして守護神、ランスロット・デュ・ラック。

ペルセウスと共に斉天大聖は神速《しんそく》で突撃してきた。この奇襲を防ぎ得たのはランスロットの武勇があればこそだ。

「ふふふふ。出しゃばってしまったがお許しあれ、主《あるじ》よ」

「とんでもない。おまえのおかげで助かったと礼を言うところだぞ！」

涼しく微笑む女騎士へ、護堂は言った。

同時に目も凝《こ》らす。斉天大聖とペルセウスの体にも細い光の糸たち——縁を結ぶ運命の糸がいくつも巻きついていた。

やはり運命神による逆縁の導き。しかし奇妙だ。

「なんでおまえたちがここにいるんだよ。ハヌマーンが言ってたぞ。斉天大聖もペルセウスも一万二千年前に飛ばされたあと、消滅したって——！」

「君の疑問はもっともだ、草薙《くさなぎ》護堂。しかし」

英雄ペルセウスが精悍《せいかん》な武人の顔で微笑んだ。

「そこが《運命の担《にな》い手》による神秘でな。彼女は『時』を司《つかさど》る存在でもある。私とサルどのはどうも——われらが健在であった頃の過去より呼び出されたらしい」

「なんだって!?」

「くくく。人間ごときには理解のおよばぬ神の秘力じゃよ。ないおつむで必死に考えようとしても無駄なことじゃわい」

「くそ！」

したり顔でほくそ笑む斉天大聖が腹立たしい。

ふたたび護堂は『剣』をいくつか飛ばして、過去より招来された大聖とペルセウスの糸を断ち切った。両軍神の姿が消えていく。

糸の切断がたやすいことは、せめてもの救いだったのだが。

「ふふふふ。やはり草薙さまの――いいえ、軍神ウルスラグナの『剣』は厄介《やっかい》な武具。となれば、それを封じる術の使い手が必要でございましょう」

空中より女の声が降ってきた。

ハッと見あげれば、またしても旧知の神が宙に浮いていた。

輝く銀色の巻き毛の美少女である。頬は薔薇《ばら》色、唇は桜桃《おうとう》の色。女ものの長衣を見事な肢体《したい》に巻きつけていた。

だが、彼女の両腕と腰から下は――真鍮《しんちゅう》でできていた。

「キルケーか！」

「お会いしとうございましたわ、草薙さま。我が背《せ》の君《きみ》よ！」

かつて護堂からウルスラグナの化身を奪った魔女神である。

ふたつ名は『暁《あかつき》の魔女』。そして、彼女の頭上に——燃えあがる焔《ほのお》のかたまりがいきなり顕れ、太陽のごとく光と熱を発する！

とっさに護堂は叫んだ。

「父ヴァーユの風に乗り、我ハヌマーンは太陽を盗む！」

「まあ、新たな権能《けんのう》でございますのね！」

空中に浮いていたキルケーめがけて、『ハヌマーンの影』が飛ぶ。

魔女とその焔を全て漆黒《しっこく》の影ですっぽりつつみこめるほど、サルの形をした暗黒は大柄《おおがら》だった。しかし、火の言霊が吐き出された。

「焔を愉《たの》しむ者よ、その快楽におぼれなさい！」

キルケーの呪文であった。

空で燃える焔——『ハヌマーンの影』が組みついた相手の燃焼はめらめらと勢いを増し、たやすく吸収されることを是《よし》としない。

しかも、護堂は不意に息苦しさを覚えた。

「これは……!?」

護堂の肩から、光で描かれた紋章が出てきた。

シンプルな図案だが、『剣を持つ戦士』を意匠《いしょう》化《か》したものであることはたしかだった。そして、紋章は空中のキルケーめがけて飛んでいく。

「此度《こたび》はこの——黄金の剣をいただきましょう！」

「またそいつか！」

護堂はくやしがった。

英雄・軍神の力を奪う魔術。それを大気に乗せて、神殺しの身中に忍びこませる。前に南洋の孤島で苦しめられた攻撃だ。

今まで護堂の背後にひかえていた数千の光球、運命神を斬り裂く『剣』。

それら全てがいきなり役立たずになった！

「余にまかせよ、草薙護堂！」

「女神に剣を向けるのは気が進まないが——致し方なし、だ！」

ランスロットが槍《やり》と楯、ラーマが救世の神刀を手に駆け出そうとした。

そう。ここは迷宮《めいきゅう》まがいの島ではない。今、草薙護堂には頼もしい仲間がいる。しかし、予想外の難敵が立ちはだかった。

「妾《わらわ》の輝く瞳を前にして、どこまで強がれるものかな？」

幼いとも言える、少女の声であった。

これを聞いた瞬間、ランスロットの全身とラーマの足から腰までが石となった。護堂の下半身も同じく、石化してしまった。

「なんだと!?」

「こ、この力はたしか……」

ラーマと護堂、そろって声の方を見る。

一三歳前後の少女が立っていた。どこかの学校のものとおぼしき制服に、帽子を合わせている。肩までの銀髪。瞳の色は夜闇《よやみ》のように黒い。

……女神アテナだった。忘れ得ぬ草薙護堂の宿敵である。

その瞳は女妖《めよう》メドゥサのそれと同じで、見た者をことごとく石に変える。

護堂、ラーマが半身のみで堪《こら》えて、ランスロットがいきなり全身を石化されたのは、心身にたくわえた呪力の総量がちがうからだろう。どれだけ強力でも、やはり今のランスロット・デュ・ラックは従属神なのだ。

「くそ。運命のやつも厄介な敵をそろえてくれたもんだな……！」

護堂は毒づいて、アテナをにらんだ。

アテナも護堂をにらみ返してきた。にらみ合い。見つめ合い。ふたりで十数秒ほど、おたがいを凝視《ぎょうし》し合う。まさか、完全に死んだはずの女神やアストラル界に隠棲《いんせい》した女神まで呼び出せるとは。あらゆる不都合と不条理を乗り越えて――

そして。

「ふっ。困っているようだな、草薙護堂よ」

アテナは不敵に笑い、それから、ぼそりと言った。

「それを見られて、妾はなかなか心地よいぞ。なんといっても、あなたは我が終生の宿敵だからな。しかし」

ちらりと視線をそむけ、遥か彼方を見やる。

大地ならぬ運命の織物がどこまでもどこまでも続いている。どれだけ進んでも地平線のとぎれる場所にはぶつかりそうにもない。

「妾とそこな姫を戦場に駆り立てようと、《運命の担い手》も雑な仕掛けをしたものだ。これでは、とても我が逆縁を再現できたとは言えぬ」

そうつぶやいて、銀髪の女神はもう護堂を見ようとはしなかった。

「え――っ？」

とまどう護堂を無視して、アテナは空に浮いたままの魔女を見あげた。

「太陽神ヘリオスの娘御《むすめご》、アイアイエ島の主よ。妾たちはいささか場ちがいであるように思うのだが、あなたはいかに？」

「そう……ですわね」

いつのまにか、魔女キルケーは考えこんでいた。

その頭上で燃えていた焔のかたまりが消え失せて、同時に、そこにとりついていた『ハヌマーンの影』も消滅する。

「わたくしと草薙さまの縁、たしかに一度は不幸な形で結ばれはしましたが。それが決して終着点ではなかったと……記憶しております。なれば」

不意にキルケーの姿がぼやけていった。

輝くような美少女であり、砕かれた半身を真鍮の義体でおぎなった姿。なつかしい南洋の姫神。やはり、彼女も『過去』から呼び出されたのであろうが——

暁の魔女キルケーは消えた。この言葉を残して。

「さらばでございます、草薙さま。あなたさまの御武運をお祈りいたしますわ！」

「そういうことだ、草薙護堂。このような小細工に敗れでもしたら、とても妾の宿敵などとは名乗れぬと知れ」

大地母神《だいちぼしん》にして智慧と闘争の女神、アテナの勇姿も消えた。

空から『剣を持つ戦士』の紋章が降ってきて、護堂の体に入っていった。いつのまにか下半身の石化も解けていた。

「あいつら、俺と戦わなくてもよかったのか……？」

「君と女神たちに——逆縁のみならず、順縁の結びつきもあったからだろう」

ラーマが声をかけてきた。彼の石化もやはり解けている。

「神と神殺しは神話の時代より宿敵同士……君がそのような旧弊《きゅうへい》にとらわれず、己の信じる道を歩んできたからであろう」

「……そうなのかもな。たしかに、あいつらとはもう敵じゃない」

ラーマとうなずき合った直後。

新たな神がまたしても唐突に顕現した。さっきのメルカルトと同じほどの巨人。しかし、とてつもない異形《いぎょう》の巨神でもあった。

護堂が知る旧敵のいずれともちがう。思わず叫んだ。

「な、何なんだよ、あれは!?」

黄金の鎧《よろい》をまとい、武装した戦士なのである。

しかし、その手に持つ武器は剣、槍、弓、矢、宝輪《ほうりん》、棍棒、宝塔、楯、刺股《さすまた》——とまあ、二〇種類ほどある。彼の腕は二〇本もあるのだ。

両肩だけでなく、肩のすぐ下から腰あたりまで、左右一〇本ずつ腕が生えている。

そして、何よりもその顔。

悪鬼の形相《ぎょうそう》というべき、いかめしい顔だった。

しかも、これとまったく同じ鬼面が右耳の側に四つ、左耳の側にも四つ、串に刺さった団子《だんご》のように連結していた。

おまけに、後頭部にも悪鬼の顔が貼りついている！

「ラーヴァナ！　おまえも運命に導かれたのか!?」

「ふははははは！　まさか、このような形で貴様との再会がかなおうとはな！」

異形の魔神が肩を揺らして、高笑いした。

一〇もの頭と、二〇本の腕を有する。過剰《かじょう》とさえ言えるほどの異形。しかし同時に、威風堂々たる王者の覇気をもまとっていた。

「俺じゃなくて、ラーマの方の敵か」

「ああ。《運命の担い手》もいよいよ本腰を入れて、僕たちを追いつめにきたようだ」

護堂のつぶやきに、ラーマが答えた。

羅刹王《らせつおう》ラーヴァナ。英雄叙事詩《じょじし》『ラーマーヤナ』に登場する最後の敵だ。この大敵を前にして、ラーマが駆け出した。

「魔王ラーヴァナのすさまじさ、いまだ鮮明に覚えている。あの者を相手に、いかに戦うべきかも。まず僕が先陣を切ろう！」

「よし。俺も手伝――」

手伝うぞと、ラーマの背中を追いかけようとして。

護堂は愕然《がくぜん》とした。新たな敵が顕れたからだ。小柄で、ボロ布も同然の外套《がいとう》を着こんで、可愛らしい顔立ちの少年だった。おそらく一五歳――。

「奇《く》しき縁の糸の導きよな、神殺しよ」

「……そうきたか」

驚愕に打ちのめされながらも、護堂は身がまえた。

「まさか、おまえともまた会うなんてな」

「ふふふ。我、敗北を求めたり。しかし、おぬしにはみごとにしてやられる結果となってしまった。そのうえ我より簒奪《さんだつ》した《勝利の権能》を振りかざし、運命の領域に到達するまでとなったか……」

輝く一五歳の少年はにやりと笑った。

「おぬしの名、覚えているぞ。草薙護堂よ」

軍神ウルスラグナ。最初に護堂が殺《あや》めた東方の軍神である。

3

「飛翔《ひしょう》せよ戦車《ヴィマーナ》！　ラーヴァナ打倒のいくさをはじめるぞ！」

「呵々々々々々々々《かかかかかかかか》！　戦場では血と魂を燃やし尽くすべきであるぞ。ラーマ王はあいもかわらず、無駄に行儀のよい男よな！」

敵の巨大さに対抗するため、ラーマは天翔《あまか》ける戦車を呼んでいた。

羅刹王《らせつおう》ラーヴァナは呵々大笑している。一〇個もの鬼面と口が全て笑っているため、なんとも騒々しい。

そんな仇敵《きゅうてき》へ、ラーマはついに鉄弓《てつきゅう》と矢を向けていた。

聖なる矢が焔《ほのお》のかたまりとなって飛ぶ。これをラーヴァナは巨体に見合うサイズの大楯《おおだて》ではじく。途端に矢はすさまじい爆発を起こすのだが、楯と、十頭にして二十腕の大魔神は小揺るぎもしない——。

まさしく、魔王対勇者の壮絶なる決戦。

対して、護堂《ごどう》たちの〝決闘《デュエル》〟は静かであった。

「こんなこと言うのも妙だけど」

護堂は声をかけた。

「元気そうだな、おまえ」

「ふふふふ。おぬしのおかげでな」

無敵の軍神ウルスラグナはなつかしい少年の顔かたちで微笑んだ。

それにつられて、護堂も笑った。

「なんで俺のおかげなんだよ？」

「単純な理屈よ。おぬしと《運命の担《にな》い手》の戦いがなければ、我がここに呼ばれることもなかった。となれば、我の再臨はおぬしのおかげとなる」

「そういうことか」

今度は苦笑い。ウルスラグナは微笑のまま。

そういえば——一年前の出会いと旅を護堂は思い出した。

あの旅でも幾度か見た。この少年は細い切れ長の目をさらに細めて、煙《けぶ》るようなアルカイック・スマイルを見せるのだ。

彼がまつろわぬ神の狂気に沈んでからは、ほとんど見なくなったが。

……護堂はちらりと脇を見やった。

守護騎士にしてアマゾネスの族長、軍神ランスロット。

アテナの邪眼で石化した彼女はいまだ全身、石となったまま。護堂やラーマとちがい、従属神のランスロットは回復できないようだ。

仕方ない。護堂は女騎士のことをあきらめた。

ランスロットの石像が消え失せる。守護騎士は霊体にもどったのである。

「一対一じゃな、小僧」

「前のときもそうだったしな」

微笑むウルスラグナ。彼を見つめる草薙《くさなぎ》護堂。

神と神殺し。殺された者と殺した者。奇跡の再会――。

「我は最強にして、全ての勝利を掴む者なり」

唱えたのは、ウルスラグナの方だった。

「人と悪魔、全ての敵と敵意を挫《くじ》く者なり。立ちふさがる全ての敵を打ち破らん。ミスラの加護と言霊《ことだま》の技を以《もっ》て、世に大義を顕《あらわ》さん」

今まで護堂も幾度となく唱えてきた。

軍神ウルスラグナより簒奪《さんだつ》した勝利の言霊。しかし今、これをふたたび詠唱《えいしょう》したのは本来の所有者であった。

十の化身《けしん》を操る少年神は、にやりと不敵に笑う。

「言葉は力なり。言霊は光なり。ゆえに光よ、言霊よ、我が剣となり給《たま》え……」

ウルスラグナの右手に、黄金の長剣が顕れた。

刀身は太く、厚く、まっすぐである。無骨な造りに黄金の輝きが彩りを添える。この刃の切っ先を――ウルスラグナは護堂へ向けた。

「我自身の仇《かたき》にして、我が逆縁《ぎゃくえん》の敵よ。いざ尋常《じんじょう》に勝負」

「おまえを殺したのは俺だもんなあ……」

護堂はため息をついた。

いまだ背後には数千もの光球たち、剣の言霊がひかえている。

しかし、全て運命神を斬《き》り裂くための刃《やいば》。軍神ウルスラグナには効かない。護堂は頭上に顕れたままの暗黒球と、相棒に向かって念じた。もどれと。

「……来たか」

護堂の右手に天叢雲剣《あまのむらくものつるぎ》が顕れ、運命神の領域から暗黒星が消えた。

しかし、超重力を操る漆黒《しっこく》の巨球はまだ消滅していない。秘法《黒の劔《つるぎ》》、その力の全てが今、天叢雲剣《あまのむらくものつるぎ》のなかに収まっていた。

黄金の剣と黒き剣。ふたりの剣士が対峙《たいじ》する——。

「いくぞ、草薙護堂よ！」

「ああ。受けて立つ！」

ウルスラグナが真正面から、黄金剣を振りおろしてきた。

その剣に向けて、護堂も天叢雲剣《あまのむらくものつるぎ》をたたきつけた。

ガ——キィィイイイィンッ！　神秘の金属同士が衝突し、甲高《かんだか》い音を立て、二剣士はそのまま鍔《つば》迫《ぜ》り合いをはじめる。

ぎっ。ぎっ。ぎっ。ぎっ。ぎっ。ぎっ。ぎっ。

黄金剣と神刀が軋《きし》みをあげる。

軍神ウルスラグナは細身の体からは想像もつかないほどの剛力だった。それに対抗すべく護堂も第二の化身『雄牛《おうし》』を使った。

共に、山を揺るがす大力を振りしぼり、鍔迫り合いを続けた——のだが。

「ふふっ」

不意に、ウルスラグナが微笑んだ。

あの煙るようなアルカイック・スマイルだった。

「小僧。ただ力まかせに剣を振るうだけとは、ずいぶんと工夫がない。勝利の神が相手だというのに余裕ではないか？」

「そう言うおまえこそ、ただの力まかせだろ」

二振りの剣をはさんだまま、護堂は少年神をにらんだ。

「得意の変身、使わなくてもいいのかよ？」

「ふふふふ」

ウルスラグナは尚も微笑を続け、それから、唐突に真顔となって、目を伏せた。さらには黄金の剣までも——下げた。

護堂の方も天叢雲剣《あまのむらくものつるぎ》を下げて、地面のごとき広大な織物に突き刺した。

「自《みずか》ら剣を降ろすとは惰弱《だじゃく》じゃな、小僧」

「自分のことは棚上げして、ずいぶんな言いぐさだな」

「ふん。我はよいのじゃ。誇り高き軍神として、決して譲れぬ一線を越えぬための——振るまいじゃからな」

どこかいたずら小僧のような顔で、ウルスラグナは言い切った。

……一年前、サルデーニャ島の海辺で見た顔に似ていた。彼は偶然出会った護堂や島の若者たちといっしょにビーチサッカーをはじめたのだ。

そして、小さな軍神は鋭いまなざしを虚空《こくう》の彼方《かなた》に向けた。

「はっきり言っておこう、《運命の担い手》よ。『我、このような再戦を望まず』と。おぬしの用意した土俵ごときで因縁《いんねん》の仇と刃《やいば》を交えるなど――」

ウルスラグナの声は、運命の領域にいんいんと響きわたった。

「言語道断じゃ」

雄々《おお》しき言霊が宙を満たしていく。

護堂が見守るなか、東方の軍神はさらに言う。

「我と彼との再戦には、何者の介入も認めぬ。運命ごときに操られずとも、ウルスラグナは草薙護堂にふたたび挑むと知れ！　必ず！」

ウルスラグナは二度、黄金の剣を振るった。

目の前の空間を十字に斬り裂いたのである。護堂にはすぐわかった。虚空を切ったのではない。猛《たけ》き東方の軍神は――糸を斬ってみせたのだ。

己《おのれ》をここに導いたもの、運命神の糸を。

そう。さっきウルスラグナが造り出した剣は護堂のそれと同じなのだ。

運命神とその神力を斬るための武器――。

「さらばだ、草薙護堂。いずれ必ず再会しようぞ」

その言葉と共にそよ風が吹いた。少年の姿は消えていた。

代わりに、黄金の剣が目の前に突き刺さっている。護堂と同様、運命の織物という大地の上に刺していったのだ。

「本当のリベンジはそのときにってことか……」

これも彼との間にあった順縁のおかげだろうか。あるいは、逆縁がきわまったからこその別離なのだろうか。

護堂ごときにはわからないし、どちらでもよかった。

ここで己が為《な》すべきことは、ひとつだけ。

「……使えるものは、なんでも使わせてもらわないとな」

つぶやいて、護堂は黄金剣の柄《つか》をつかんだ。

軍神ウルスラグナが遺《のこ》した刃。餞別《せんべつ》か。はたまた『おまえに使いこなせるか？』という挑発なのか。どちらでもいい。どちらでもありがたい。

護堂は遥か彼方へ目を向けた。

巨大なる羅刹王ラーヴァナへ、『白き恒星《こうせい》』が無数の電光を浴びせている。

さらに、空飛ぶ戦車からラーマも矢を射《い》つづけている。

そちらに向けて、護堂は黄金の剣を振るった。この遠さでも斬り裂ける自信があった。古代インドの羅刹王を呼んだ——糸を。

おそろしく唐突に、巨神ラーヴァナは消滅した。

「おまえもいくぞ、天叢雲《あまのむらくも》」

右手には黄金の剣。左手で天叢雲剣《あまのむらくものつるぎ》を引き抜く。

ずっと背後に待機させていた光球たち、自ら造り出した『剣』の言霊を黒き倭国《わこく》の神刀へと呼び込み、一体化させる――。

漆黒に輝く天叢雲剣《あまのむらくものつるぎ》の刃、これが黄金へ変化した。

「助かったぞ草薙護堂！　君の助太刀《すけだち》に感謝する！」

「来たかラーマ。そろそろ決着をつけようぜ」

飛戦車《ヴィマーナ》で駆けつけた英雄へ、声をかける。

ラーマはさっと護堂の隣に飛び降りて、「よし！」と救世《きゅうせい》の神刀《しんとう》を振りおろした。どこまでも広がる運命の織物へ。

それに合わせて、空より『白き恒星』も落下していった。

運命の織物――この領域の大地に激突し、雷電のエネルギーを全てぶつけるために。

ごごごごご！

空が震え、護堂たちの立つ織物が激しく鳴動する。

「こいつもいっしょだ！」

護堂はウルスラグナの黄金剣と、黄金の天叢雲剣《あまのむらくものつるぎ》をそろって織物に突き立てた。これで運命を斬り裂くための言霊全てと、重力嵐のパワーをまとめてぶちかませる。

空と大地の震動がますます激しくなった。その刹那《せつな》。

「u――lilllly:iiiiiiiiiiiiiiiiiiii！」

戦いの歌を叫びながら、裸の少女が飛来してきた。

可憐《かれん》にして厄介《やっかい》なる大敵《運命の担い手》。彼女はその手に柄《え》の長い大鎌《おおがま》を持っていた。運命の糸ではなく、護堂たちを断ち切るつもりなのだろう。

これを迎え撃つべく、ラーマが鉄弓と光の矢をかまえていた。

かつての庇護者《ひごしゃ》を撃つつもりなのだ。しかし、護堂はとっさに言った。

「おまえはもう手を出すな！　あいつは俺がやる！」

闘争心、功名心のためでなく。

護堂は新たな『友』のために叫んだ。ラーマはハッと弓を降ろした。それでいい。どうしても手に入れなければならないものが──ある！

「我がもとに来《きた》れ、勝利のために。駿足なる馬よ、汝《なんじ》の主《あるじ》たる光輪を疾《と》く運べ！」

護堂は光と正義の言霊を唱えた。

──運命は時に無慈悲《むじひ》であり、非道でもある。民衆を苦しめる大罪人という『白馬』の使用条件にまったく問題はなかった──。

運命神の領域、その地平線の果てにいきなり太陽が昇ってきた。

煌々《こうこう》たる日の出の到来である。

ウルスラグナの権能《けんのう》に呼ばれた太陽から、灼熱《しゃくねつ》のフレアが放たれる。

ただの焔ではない。宇宙的規模の爆炎であった。

裁きの劫火《ごうか》によって、果てしない運命神の領域が埋め尽くされていく。運命なる概念を形にした織物は、焰のなかでむなしく消滅していった。

ひとつの世界の崩壊がはじまった。
草薙護堂と英雄ラーマチャンドラが勝利を得た証《あかし》であった。

第6章　旅立つ前に

1

そして、全てが燃え尽きた。

運命神の領域に、あの広大無辺な織物はもうない。

ただ、ただ、暗黒の虚空《こくう》が広がるのみである。しかし、護堂《ごどう》は気づいていた。何物も存在しないはずの領域なのに〝地面〟はある。

今もこうして、自分やラーマがしっかり踏みしめている――。

それは透明かつ確固たるもので、おそらく永遠不変の存在であった。

「なあラーマ。おまえ、言ってたよな?」

凛々《りり》しき相棒へ、護堂は声をかけた。

「何度も《運命の担《にな》い手》って。運命の創り手とかじゃなくて」

「ああ。結局、運命なる概念《がいねん》は——人間という種族とその魂が誕生した太古《たいこ》の昔より存在しつづけるもの。さっき斃《たお》した彼女は『運命の糸』を織りなして、壮大な織物を織りあげてはいたが……糸を造ったのは、彼女ではない」

「もしかして、これは『運命の糸』のかたまりなのか」

護堂はがっと〝地面〟を蹴《け》った。

いつのまにか透明ではなくなっていた。

白い。純白の地面がひたすら地平線の彼方《かなた》まで広がっている。白いキャンバスならぬ、純白の織物がひたすらどこまでも続いているのだ。

ラーマは救世《きゅうせい》の神刀《しんとう》をついに鞘《さや》へ収めて、つぶやいた。

「僕を地上に遣《つか》わしていた《担い手》と、彼女の作品は潰《つい》えた。しかし、運命の糸を素材とする織物は——この後も存続を続けるはずだ。あまたいる運命神の誰かが新しい《担い手》となり、新たな模様を織りあげる」

「新しい運命ってことか」

「そうなるな。まあ、素材が同じである以上、今までの運命と作風が大きく変わるとは考えづらいが……」

と、ラーマは苦笑いした。

彼は今まで、魔王殲滅《せんめつ》の運命を託《たく》された戦士であった。

大英雄の踏みしめる地面のまわりに——赤い糸、青い糸、黒い糸、黄色い糸、さまざまな色の糸で織られた模様が浮かびあがってきた。

それは十数枚の、糸で描かれた絵であった。

——火を噴く悪魔らしき怪物に、人々が苦しめられている絵。

——人々が集まり、救済を求めて天に叫ぶ絵。

——天より降臨した人物に、群衆が諸手《もろて》をあげて喝采《かっさい》する絵……。

「絵物語か！」

「そのようだな……。どこかの世界、どこかの時代で救世主が求められているのだろう。そして、新たな《運命の担い手》は僕にその役目をまかせたいらしい」

苦笑するラーマのまわりに、次々と『絵』が増えていく。

その数はいつしか百以上となり、救世の勇者をどまんなかに据えた曼荼羅《まんだら》のごとき構図となりつつあった。

護堂は首をかしげた。

「この世界の魔王はもう俺だけで、俺は世界をどうこうしようなんて考えちゃいない『意識低い魔王さま』だから、救世主の仕事なんてないはずなんだけどな……」

「君は今、いみじくも解答の一端を口にしたぞ」

ラーマがうっすらと微笑んだ。

「この世界の魔王はたしかに君ひとり。しかし、ほかの世界にはいるかもしれない」

「──あれか。並行世界ってやつか！」

この宇宙にはいくつもの並行世界が存在する。

草薙護堂が暮らす世界とは、異なる歴史、異なる事績を積みあげた別世界がある。ジョン・プルートー・スミスが語り、智慧《ちえ》の女神もはっきり認めた真実であった。

世界の理《ことわり》を思い出した護堂へ、ラーマはさらに言った。

「ああ。おそらく、どこかの世界が神殺しか、それに類する魔王の手で、危機に瀕《ひん》しているのだろう……」

幾度となく『最後の王』として地上に降臨した救世主。

彼はやさしく微笑してから、ふっと小さなためいきをついた。それからしゃがみ込み、地面に描かれた絵物語たちを見つめた。

そして、いちばん手近にあった絵の群衆をやさしく撫《な》でた。

「捨て置くわけにもいかないのだろうな、やはり」

英雄ラーマのやさしいつぶやきであった。

だが、彼の凛々しい美貌に錆《さび》のごとき陰が甦《よみがえ》ったのも事実であった。

「…………」

護堂は無言で、新たな友人を見つめていた。

彼にやられた左肩の刀傷がじくじくと痛む。それ以外にも全身のあちこちが熱い。小さな手傷を気づかぬうちに負っていたようだ。

運命神との戦いで手に入れたものたちであった。

やるべきことはいろいろあるが――

まず護堂はポケットから紅《あか》い宝玉を取り出した。

愛する少女の姿形を想う。それだけでたちまち宝玉はエリカ・ブランデッリにもどり、護堂の隣であでやかに微笑んでみせた。

「ついにやったわね、護堂」

「ああ。だけど、そういう話はあとにしておこう」

短い言葉と目配せだけで、エリカは察してくれた。

ちらりとラーマを見る。紅き悪魔《ディアヴォロ・ロッソ》の視線の先で、大英雄は膝《ひざ》をつき、地面に現れた絵物語たちをやさしいまなざしで眺めつづけていた。

「ラーマ王子は、また旅立たれるおつもりのようね」

「だろうな。あいつはそういう男だよ」

エリカのささやきに答えたとき。

ついに――

護堂の待ち望んでいた人物がやってきた。

「みごとな勝利だったわ、ゴドー！　さっすがあたしの息子！」

唐突に顕《あらわ》れた女神パンドラのにこやかな第一声であった。

その軽やかな振るまいに、ラーマが立ちあがる。

「おお。うわさに聞く神殺しの義母《はは》どのか」

「そうよ、伝説の王子さま。あなたとは長い間、子供たちをはさんで争ってきたわ。でも、この子のおかげでその関係にも終止符《しゅうしふ》が打たれた……」

そっけなくラーマに声をかけつつ、義母パンドラはすたすた歩いてきた。

護堂の前で立ち止まり、うなずきかけてくる。

「ゴドーの勘、当たったみたいね」

「べつに、当たってほしくはなかったけどな」

ここ数日のあれこれで、自称義母ともだいぶうちとけてきた。

もはや敬語抜きで、護堂は話を続けた。

「運命の神様を倒せても、運命そのものをたたき壊せるのかなって不安に思っていたら——案《あん》の定《じょう》だったよ」

運命の糸で新たに描かれた絵物語たち。

それを受け入れようとしていた元・魔王殲滅の勇者。

この決戦の前から、ぼんやり危惧《きぐ》していたことが的中し、護堂はため息をこぼした。あらためて神殺しの義母に問う。

「で、例の約束はどうかな？」

「本当ならダメだけど、今回だけいいわよ。ごほうびをあげるって言い出したの、あたしの方でもあるし」

全てをあたえる女神パンドラの頭上に、鋼《はがね》の円盤が出現した。

表面には『竜の頭』の刻印と、それを取りまく『剣』の刻印が八つも描かれている。カンピオーネを生み出す仕掛けであった。

神具《簒奪《さんだつ》の円環《えんかん》》。

鋼鉄の円盤がぎゅるぎゅると高速回転をはじめた。

「さあゴドー。あなたが斃《たお》した運命神から、好きなように権能《けんのう》を奪いなさい！　あの女の所持していた力のどれを奪うのもあなたの自由よ！」

パンドラは高らかに言った。

これこそ義母に願った『ごほうび』だった。

神を殺《あや》めることで得られる権能、どんな能力になるかは一切不明。

神々のいくつもある権能のどれを奪うかでまず変わる。そこに殺害者たる神殺しの気質や技能でアレンジが加えられる。

最終的に、どのような力になるかは出たとこ勝負――。

神の権能など本当はどうでもいい。しかし、今回だけはそうも言えない。不安が当たったときにそなえて、是非《ぜひ》とも欲しい能力があった。

自分のためではなく、理不尽《りふじん》な運命に縛《しば》られた男のために。

「念じなさい。あなたが望む力のことを」

「俺の望みは――」

パンドラにうながされて、護堂は目をつぶった。

精神を集中させ、呪力を高める。さっき《運命の担い手》を葬ったとき、心と体に満ちた神力に、あるイメージを重ねていく。

運命の糸を紡《つむ》ぎ、糸の長さを決め、糸を断ち切る。

糸をほどき、しがらみを解《と》く。

まだしつこい糸があるようなら、どこかに結び直してしまう――。

「ほどけろ」

護堂のささやき。単純だが、権能を操るための言霊《ことだま》だった。

さっと右手の掌《てのひら》を地面にかざす。白い運命の織物上に、人類救済の絵物語が曼荼羅のごとく描かれていた。しかし。

それらの絵物語が次々と消えていった。

草薙護堂の権能『運命にあらがう力』が運命の糸をほどいたのだ。

「人間にはたしかに、神頼みしたいときがあるよ。で、誰か善意の神様がそういう人間を助けてくれるのなら、本当にうれしい。でもな」

　護堂は心やさしき英雄へ語りかけた。

「そのためにおまえが――妙な神様に奴隷みたいなあつかいをされる必要はない。運命なんてしがらみ抜きに、おまえの気持ちだけでやればいいよ」

「僕の気持ちで……？」

「ああ。やりたくないときはやらなくてもいい。逆に、どうしてもやりたいときは、運命とか関係なしにやったらいい。ただ、人間の立場で言わせてもらうと」

　肩をすくめて、護堂は指摘した。

「おまえみたいに、世界中の火山を活性化させるやつに『世界を救う勇者』の仕事は向いてないと思うけどな。もっと小さな人助けで我慢してもらえると助かる」

「ふふふふ。耳が痛いな」

　ラーマが微苦笑している。護堂もにやりと笑った。

「まあ、おまえの場合、魔王殲滅の運命ってやつを背負わされているからな。今みたいに勇者の仕事がどんどん舞いこんでくるのは仕方ない。で、それを見ると、まじめで慈悲《じひ》深い王子さまは遊んでいられない気持ちになる……」

　権能を行使した護堂には見えていた。

今も英雄ラーマチャンドラの体に絡《から》みつく──数十本の糸が。それらは遥《はる》か天上へとつながっていた。

これこそ魔王殲滅の運命だった。

護堂がさっと手を振れば、数十本の糸が光り出す。

運命神ならざる者にもはっきり見えるように、可視化したのである。

ラーマ、パンドラ、エリカが瞠目《どうもく》するなか、護堂は人差し指を救世の勇者に突きつけて、勢いよく横に振った。

「切れろ」

ぶつ、ぶつ、ぶつ。数十本の糸が次々と切れていく。

古代インドの大英雄を束縛《そくばく》する運命が今、断ち切られたのだ。「おお！」と当のラーマが目をみはった。しかし。

さすが、救世の勇者を呼び出す運命の糸と賞賛すべきか。

数十本の糸は生きた触手のようにうねうねとうごめき、ラーマに尚もまといつき、彼の五体に絡みつこうと動いていく──。

なんともしぶとい。ラーマが嘆息《たんそく》した。

「この世の最後に顕れる戦士を求める運命……世界の真理と同じほど重く、強靱《きようじん》な存在なのだろう。おそらく、その神具と同じほどに不朽不滅《ふきゆうふめつ》なのだ」

パンドラの頭上、すでに回転をやめていた《簒奪の円環》。

それを見ながらラーマは言った。実際、運命神の権能を得た護堂の耳には、〝ある声〟が聞こえていた。

……来《きた》れラーマ王子。この世の最後に顕れる王。

……救世主よ。魔王殲滅を繰りかえす、永遠の戦士よ。戦士よ。

……神刀の振るい手。輝ける剣の所持者。来《きた》れ。来《きた》れ。永遠の戦士よ来《きた》れ。

「勇者さまを呼びよせようとしてるのか」

遥か彼方よりとどく呼び声であった。

ここではない何処《いずこ》かの世界に英雄ラーマを導く運命。その存在のしぶとさに闘志を刺激されて、護堂はひどく獰猛《どうもう》に笑った。

「だったら、こっちにも考えがある。――来い」

ラーマに向けて、手招きをする。

彼ではなく、彼に巻きつこうとしていた数十本の糸が護堂に向かってくる。運命にあらがう権能を使い、はっきりと命じた。

「おまえたちはもう……俺のものだ」

運命の糸たちは全て、草薙護堂に絡みついた。

いまや魔王殲滅の運命は、その魔王当人のものとなったのだ。

2

「どういう……つもりだ、草薙護堂《くさなぎごどう》？」

愕然《がくぜん》として、ラーマが訊《たず》ねてきた。

「まさか、僕の代わりに全ての神殺しを殲滅《せんめつ》するため——戦うつもりなのか⁉」

「そこまではしないよ。でも、おまえの代わりにしばらく『救世主の運命』ってやつと、つきあってみるつもりだ」

相手の動揺をなだめるように、護堂は平然と笑った。

「あくまで俺なり、俺流のやり方で、だけどな」

「しかし……」

「もう何も言うなよ。おまえの代わりは俺がやる。だから安心して休め。なんなら、どこかに隠居すればいい。それくらいしても罰は当たらないだろ」

「…………」

「心配するな。俺は『運命に逆らえる』んだ。気に入らない救世主の仕事を受けるつもりはないし、魔王をぶっ倒す代わりに世界をぶちこわすかもしれない。……ああ、そこはおまえといっしょか」

冗談めかして、護堂は言った。

しかしラーマは笑わず、代わりに万感の思いを込めて、つぶやいた。

「嗚呼《ああ》。君という男は――」

それ以上は語らず、右手を差し出してきた。

護堂も無言で握りかえした。幾多の魔王を葬った英雄ラーマの手。草薙護堂の手。『この世の最後』にまつわる決戦の締めくくりは、ふたりの握手であった。


「では、さらばだ草薙護堂」

「さらばでございます、我が兄の友よ」

運命神の領域より出て、護堂たちはアストラル界の最果てにもどっていた。

全てが灰色で塗りつぶされた世界。そして、ゆっくり去っていくラーマ王子と弟王子ラクシュマナの背中――。

彼らがどこに往《い》くか、護堂にはわからない。

しかし、兄も、忠義の弟もすがすがしい顔をしていた。

まつろわぬ神の性《さが》を一身に引き受け、歪《ゆが》みと狂気に冒《おか》されていたラクシュマナ。

だが今、彼は肌の色以外ほとんど兄そっくりの清廉《せいれん》な美青年となり、英雄ラーマのうしろに付きしたがっていく。

大英雄の弟も、ついにあるべき姿を取りもどしたのだ。

そして、彼らの背中が見えなくなった頃。

「じゃ、あたしも行くわね。また会いましょう、ゴドー」

気やすい調子で義母《はは》パンドラが言い、ウインクまでしてきた。

そのまま『ふっ』と消え、いなくなる。性格同様に軽やかな退場だった。

ただ、ここまで只人《ただびと》であるエリカには、一度だけ、ちらりと視線を送っただけ。神殺しならざる人間には、あくまで冷厳な女神であるというスタンスなのだろう。

あの義母にも神らしい部分は、やはりあるのだ。

「……あの人のこと、たぶん、もう忘れないんだろうなあ」

「それは運命神の権能《けんのう》を手に入れたから？」

エリカに訊《き》かれて、護堂はうなずいた。

「ああ。今までよりすこし、世界の理《ことわり》ってやつがわかるようになった……気がする。ま、もともとそっち方面は全然だから、あくまで『マシになった』程度だろうけど」

「その程度でいいわよ」

完全にふだんどおりの笑顔で、エリカは言った。

「護堂なんかに『我こそ運命神！』とかふんぞり返られたら、わたし、きっとおかしくて、笑い死にしてしまうわ」

「そんな死に方、あるのかよ」

護堂は苦笑した。対して紅き悪魔《ディアヴォロ・ロッソ》は真顔にもどり、こうつぶやく。

「でも、こうなると気になるのは――例のあれ、『盟約の大法《めいやくのだいほう》』よね。護堂も使えるようになるのかしら？」

「たぶん無理だろ。俺のもらった運命の権能はだいぶ部分的だし」

あっさり言ってから、護堂は「それに」と付け足した。

「あいつら相手にあんな反則技を使ったら、どんな文句を言われることか……」

「あいつら？」

聡明《そうめい》きわまりないエリカが珍しくきょとんとした。

そうか。彼女には認識できていないのだ。護堂は精神集中した。

まわりの灰色ばかりだった景色がすぐに変わる。白い絨毯《じゅうたん》のごとき『運命の織物』がどこまでも広がる領域へと。

いまや護堂は、アストラル界からなら、いつでもここにたどり着けるのだ。

すこし前、運命神の領域で感じたことを報告するため、相棒へ言った。

「見てみろよ、これ」

「まあ」

護堂が〝絨毯〟を指さすと、エリカが驚いた。

　またしても絵物語が展開していった。護堂を中心に続々と一枚絵が描かれて、ひとつの物語が進行していく。

　——火を噴く悪魔らしき怪物に、人々が苦しめられている絵。

　——人々が集まり、救済を求めて天に叫ぶ絵。

　——天より降臨した人物に、群衆が諸手《もろて》をあげて喝采《かっさい》する絵。しかし。

「さっきも見たけど。今回は新展開があるわね」

「なあ」

　——降臨した救世主が剣を振るい、悪魔を打ち倒す絵。

　——が、今度は彼が火を噴き、街を襲う絵。

　——火を噴く魔剣士はやがて城の主《あるじ》となり、軍勢をしたがえるようになり……。

「ねえ護堂。この主人公、金髪に見えない？」

「やっぱり、そう思うよなあ」

　魔剣士の頭髪、黄色い糸で描かれている。

　しかも、彼が剣を振りまわして、巨大な岩らしきものや城をまっぷたつにしている絵もあちこちに浮き出ていた。

　ひととおり絵物語を見渡したあとで、エリカが言った。

「実は不思議だったのよね。なぜ『この世』の外である並行世界から、いきなりラーマ王子に救世主の要請が来たのか」

「今までなかったことだもんなあ」

「でも考えてみれば、ほんのすこし前に大勢の神殺しがこの世界から旅立っていった。あの方たちがおとなしくしているはず——ないものね……」

「絶対になにかしら面倒事を起こしてるだろ」

「で、そうした『世界の危機』の発生源となった『わたしたちの世界』に、トラブルの源《みなもと》を早く始末しろと要請《ようせい》が来るのは……」

「不思議じゃないよな」

同じ結論に達して、護堂とエリカは同時にため息をついた。

しかし、華麗なる相棒はすぐに不敵な笑みを浮かべた。もう一年も見つづけてきた雌獅子《めすじし》の笑顔であった。

「それであなたはどうなさるおつもり、我が君」

「あいつらを連れもどさないといけなかったから、ちょうどいいよ。俺はこのまま『向こうの世界』をちょっとのぞいてくる」

うなずくエリカへ、護堂は言った。

「おまえはどうする？　一度、東京にもどるか？」

「それをわたしに訊くなんて、あなたもまだまだね。もちろんいっしょに往くわ」

「よし」

「あとでどうにかして、みんなを――祐理《ゆり》にリリィに恵那《えな》さんを呼びよせられるか、試してみましょう。きっと必要になるはずよ」

エリカの言葉が心強い。彼女の力と知識、なにより聡明さは未知の世界でもこのうえなく頼りになる。古代ガリアで経験済みだった。

「じゃあ、ひとつ往《い》ってみるか」

「ええ。どこまでもあなたについていくわ」

護堂とエリカはそろって歩き出した

もちろん、魔王出現に悩まされる絵物語の世界へ旅立つためだった――。

終章　護堂を待ちながら

1

「ねえ、おじいちゃん」

眉間《みけん》にしわを寄せて、草薙静花《くさなぎしずか》は言った。

予想していた以上に不機嫌そうな声になってしまった。

「お兄ちゃんのやつ、今度いつ帰ってくるか――聞いてる？」

「さてねえ？　前に電話で話したとき、大学の課題やら何やらであちこち飛びまわっているとは聞いたけど」

祖父・草薙一朗《いちろう》はなんとものんきそうであった。

「帰国の予定はさっぱり言ってなかったな。あいつもいそがしいんだろう」

「いそがしいって、まだ学生じゃない！」

静花は思わず声を荒らげた。

東京都文京区《ぶんきょう》、根津《ねづ》三丁目の商店街——草薙家の居間である。

もとはこの家で古書店を営んでいた。が、店をたたんでから早くも五年以上。そして、この家の長男はもう二年近くも帰省していない……。

「お兄ちゃんったら、いきなりイタリアなんかに留学しちゃって！　日本に帰ってくる気配が全然ないんだよ!?」

「ま、飛行機代がもったいないというのはあると思うがね」

「だとしても、電話やメールまでほとんどよこさないのは問題ありでしょっ」

「ははは。それについては弁護の余地なしだな」

「そもそも留学を決めたのだって、本当に突然で、何の相談もなかったし。しかも、あのときのお兄ちゃん、まだ高二だったんだよ！」

「アスリートの世界じゃ、高校生で将来を決めるのも珍しくないというがねえ」

祖父はあくまでのんきであった。

「もともと護堂《ごどう》もそういう世界でやっていたからな。将来の進路を決めるに当たって、いろいろ思うところがあったのかもしれないね」

二年前——。

兄・草薙護堂が高校二年生に進級した年の五月頃。

いきなり言い出したのである。

『いろいろあって、ミラノの学校に留学できそうな感じになってるんだ。いい機会だし、ちょっと行ってくるよ』と。

静花はすぐに訊《たず》ねた。ちょっとってどのくらい、と。

『向こうで大学にも入って、卒業できるくらい……もしかしたら、もっとかもな』

なんとも適当に兄は言ったものだ。

それに腹を立てて、高校生が留学なんて本当にできるのかと訊《き》いてやったら。具体的な回答がすぐさま返ってきた。

『いやさ。エリカの叔父《おじ》さんがあっちと日本の交換留学に関《かか》わりがあって。口を利《き》いてくれることになったんだよ。その人――パオロさんが向こうで俺の後見人もしてくれるし、ホームステイもさせてもらえるから、何も問題ないんだ』

立て板に水の説明がまた腹立たしかったものだ。

……幼なじみの徳永明日香《とくながあすか》がたまに言う。静花ちゃんってブラコン気味かもねと。だが、断じてちがう。兄に対して手厳しいのは、一見すると誠実で純朴《じゅんぼく》そうな好青年という雰囲気のくせに、事あるごとに〝ろくでなし〟の面をかいま見せるからだ。

「なあ静花」

機嫌の悪い孫娘へ、祖父が言った。

「お兄ちゃんがいなくてさびしいと正直に言えば、たぶん、護堂のことだ。ふらりと実家へ帰ってくると思うんだがね」

いたずらっぽく微笑しながらの指南《しなん》だった。

「あいつはその辺、面倒見がいいしフットワークも軽い」

「ば……バカ言わないで！　お兄ちゃんが二年も――しかいないくらいで、さびしがるわけないじゃない！　子供じゃないんだから！」

「そうかね？」

「そうに決まってるでしょっ」

「ふむ」

祖父は卓袱台《ちゃぶだい》の向こうで、のんびり緑茶を口に運んでいた。

老齢ながら、あいかわらず端整な顔つきだった。自宅だというのに、ワイシャツとスラックスで格好もきちんとしている。

商店街きっての粋人《すいじん》で、若かりし頃から浮き名を流しまくっていた。

この祖父にも『しょっちゅう自宅の外を泊まり歩く』悪癖《あくへき》があるせいか、なかば音信不通の草薙家長男のことも気にならないらしい。

そんな〝本家ろくでなし〟はなんとも気楽に話を変えた。

「そうだ静花。言っておくことがある」

相談でも、許可を求めるでもなく。

祖父は軽やかに〝決定事項〟を報告してきた。

「明日からしばらくの間、家を留守にするよ。オーストラリアにいる昔の友達のところを訪ねようと思ってね」

よく『草薙家の祖父と長男は似ている』と言われる。

実際、顔立ちは似ている。しかし、基本的性格はかなりちがう。

洒脱《しゃだつ》なジェントルさと言うべき気質を核とする祖父一朗に対して、兄はもっと素朴で気取りがない。

だが、たしかに共通する面もあった。

距離や文化の隔《へだ》たりなど関係なしに、気やすく友人関係を作るところ。

そして、友人たちの誰それが困っている、あるいは会いたがっていると聞けば、ふらりとフットワーク軽く彼らを訪ね、旧交をあたためる。

必要なときは義侠心《ぎきょうしん》にまかせて、可能な範囲で手助けもする――。

祖父と兄が同類であることを目の当《ま》たりにして、はあと静花はため息をついた。

かくして、草薙家から祖父もいなくなった。

離婚しているため、もともと父はいない。母は母で留守がちだ。『職業・女王さま』と自他共に認めるほど子分が多く、そうした人たちといっしょに飲み歩いたり、仕事を世話してやったり、相談に乗ってあげたりして、いそがしい人なのだ。

「これじゃ、ひとり暮らししてるみたい」

静花は憤然《ふんぜん》とつぶやいたものだ。

とはいえ、家事も料理もひととおりこなせる。

この一二月で草薙静花も一八歳。進学をひかえた高校三年生。ひとりで留守番できない年齢とはほど遠い。

何も問題ない。割り切りつつも、つい愚痴《ぐち》が出る。

「ふつうの家は受験生中心に気を遣《つか》ってくれるらしいけどさ……」

「あはは。さすがの静花ちゃんも、自分ちが『ふつうじゃない』って自覚あるんだ」

商店街でばったり会った歳上の幼なじみに笑われた。

寿司屋の娘、徳永明日香。都内の大学へ通い出したのを機にツインテールの髪型をやめ、今はロングにおろしている。

静花はきっぱりと答えた。

「お兄ちゃんじゃないんだから、当たり前でしょ。そもそもふつうの家は受験生を抜きにしても、高校生の女の子をひとりだけ家に残して、一家離散状態にはなりません」

「草薙家はほんと、みんなフットワーク軽いよね」

うんうんと明日香はうなずく。

「静花ちゃんも受験生なのに、あちこち出歩いたり、友達と遊びにいったり、たまにバイトまでして、ずいぶん身軽な感じだし」

「あのね明日香ちゃん。あたしのはお母さんやおじいちゃんたちのとはちがうの。ふだんからまじめにやってて、推薦で合格ももらえたから、余裕があるだけなの」

「じゃ、受験生じゃないじゃない」

もっともな指摘を受けて、しかし、静花は反論した。

「そのうちTOEFL受けるつもりだから。中国語とか、ほかの外国語にも興味あるし。やっぱり、留学とかしてみたいじゃない？」

「ふうん」

まじまじと明日香に見つめられて、静花はたじろいだ。

「な、なに？」

「もしかして、静花ちゃんもヨーロッパの方へ行くつもりなのかなーって。護堂のあとを追って……」

「そ、そんなことあるはずないでしょ！」

「ま、そういうことにしておこうか……。あ、でもさ。『護堂のあとを追う』って言えば、例の人たち。エリカさんとリリアナさん。ふたりとも今、ヨーロッパにいないんだって？　てっきり護堂を追いかけて、帰国するのかと思ったのに」

「あ、うん。そうみたい」

答えづらい話題が終わったので、静花はあっさり答えた。

「ひかりの話だと、ふたりとも上海《シャンハイ》にいるんだって」

「ひか――ああ。茶道部《さどうぶ》の後輩の子だっけ？　万里谷《まりや》さんの妹の」

「うん。で、ひかりのお姉さんは京都《きょうと》にいるっていうし。昔、お兄ちゃんと仲のよかった人たち、結構ばらばらみたい」

「へえ～」


幼なじみとの世間話を終えて、静花は帰宅した。

年もおしつまった一二月。午後六時。家のポストを開けて、郵便物のチェック。ここで兄からの便りを期待するほど、うぶではない。

ダイレクトメールの類《たぐい》を眺めながら、静花はふと気づいた。

「あ。また海外から来てる」

封書だった。エアメールである。

宛名は『Kusanagi』とだけ。個人名のない、奇妙な書き方だ。差出人の名前は『Lucrezia Zora』とある。彼女の住所は――

「イタリアかあ。これはサルデーニャ、州でいいのかな……」

一応、静花の兄もイタリアにいるはずだった。

そして、奇妙な点はもうひとつ。封筒の裏にこう書きつけてあった。

『草薙家の家人へ。一朗氏、ないし護堂殿でなくとも、すみやかにこの封筒を開け、指示通りに対処されたし。事は急を要する』

ばっちり日本語であった。しかも達筆《たっぴつ》だ。

「誰か日本人に頼んで、書いてもらったのかな」

それとも、ルクレチア・ゾラなる人物はよほどの日本通なのか。

静花は居間へあがった。真っ暗な部屋に明かりをつけて、ハサミを出す。意を決して、奇妙な封書を開けてみた。

『しばらく前に送った草薙一朗／護堂宛の小包を開封せよ。そのなかの護符《ごふ》を家人それぞれが必ず携帯するように。可能であれば、三、四カ月ほどの海外旅行をおすすめする』

という日本語の手紙が入っていた。

「小包――あれか」

二日前に海外からとどいていた。

たしかに、宛先は『草薙一朗および護堂』だった。すでに祖父も旅立ったあとで、台所の隅に置いたままだ。

「待てよ」

静花はしげしげと封筒の表と裏をたしかめた。

「消印がどこにもない……」

まさか、郵便局を介さずにイタリアから郵送されたのだろうか？

ほうきに乗った魔女が文京区まで手紙を運び、ポストへ放りこんでいったとか。

「ま、海外からの郵便に見せかけたイタズラよね。ふつうに考えて」

静花は問題の小包を持ってきて、居間の卓袱台に乗せた。

考えてみれば、こちらも妙なのだ。運送会社や郵便局の配送伝票がない。ふつうの紙に宛名と差出人名を書いて、べたりと貼ってあるだけだ。

この小包――実は静花の留守中、玄関に置かれていた。

てっきり母が受け取ったものだと思っていたのだが、不審すぎる。放置するのがいちばんではないか？

……そう考えつつも、小包を開ける誘惑にあらがえなかった。

草薙静花、なんだかんだで好奇心旺盛《おうせい》なのである。

「これが護符？」

黒い金属で造られた十字架型のアクセサリーが八つも入っていた。

手のひらにすっぽり収まるほど小さい。鉄製なのだろう。いじっていると、手に鉄の匂《にお》いがしみつく。

封筒もふたつ同封されていた。それぞれ『草薙一朗へ』『草薙護堂へ』とある。

「……事は急を要する、だもんね」

身内への手紙を盗み見る趣味など、静花にはない。

だが、アクセサリーだけでは意味不明すぎる。まず祖父宛の封筒を開けた。しかし、手紙の内容にますます困惑《こんわく》させられた。

「何これ？」

文面はこうだった。


『いつかのたたり神を覚えているか、一朗？

あいつがふたたび動き出す夢を見た。例の石版が長く置かれていた場所にもどり、悪さをするというものだ。

予知になるといけないので、護符を同封しておく。

何人いるか知らないが、家族全員に持たせておくように。

追伸。いないとは思うが念のため。孫の護堂に渡す必要はない』

たたり神。夢。予知。護符。

オカルティックなワードの連続に、静花は眉をひそめた。

しかし、すぐに気を取りなおす。祖父の友人に変わり者が多いのは、とっくに承知していたこと。それにそもそも。

「うちの家族だって、ほかのご家庭から見たらトンデモな方だしね」

つぶやいて、兄宛の封筒を開ける。

が、中身は静花をぎょっとさせ、そして激怒させるものだった。

「こ——この人とお兄ちゃん、どういう関係なのよ!?」

謎の人物、ルクレチア・ゾラからの便りはこうだった。


『君のことだから実家にいないとは思うが、一応、君への私信も入れておく。

業界の要人と会うときは、もっと私、ルクレチア・ゾラとの関係をほのめかすように。私が君の現地妻であるという情報、まだまだ知らない者も多い。

もっと周知を徹底させて、私にたっぷり甘い汁を吸わせてくれ。

護符の詳細については、一朗への手紙を参照すること』

最後は『愛する少年へ』、で締めくくられていた。

2

かくして翌朝。

草薙静花《くさなぎしずか》は不機嫌さの二割ほどをひきずりながら、登校したのである。

私立城楠《じょうなん》学院、高等部。

それが静花の通う高校だった。

中高一貫教育の学院で、中学一年から毎日のように徒歩通学していた。根津《ねづ》三丁目の商店街から十数分の道のりだ。

ちなみに、兄は高等部からの入学だった。

にもかかわらず、わずか一年ほどで国外へ飛び出し、ミラノ市内の高校に編入。そのままなんと飛び級で同市の大学に進んでしまったという（イタリアの高校は五年制。本当なら一九歳まで高校生らしいのだ）。

草薙家から城楠学院への通学路、静花には見なれた地元の景色だった。

しかし、兄が高校生になってからは、ときどきいっしょに学校まで行く朝もあり、いいかげんに飽き飽きしていた道行きに微妙な刺激が加わったことも事実であっ——

「ふんだ。あんな兄貴のことなんか、知るもんですか！」

不機嫌につぶやいて、静花は気持ちを切りかえた。

変わり者ぞろいの草薙一族。その多くに『喉元《のどもと》すぎれば熱さを忘れる』傾向があり、怒りや負の感情、いらいらを長期持続させない……まあ、はっきり言って能天気な人間ばかりなのだった。その気質、静花もほどほどに受け継いでいるのである。

気を取りなおして、登校を続ける。

当然、まわりには同じ制服の少年少女ばかり――。

「おはようございます、先輩。ごいっしょしてもいいですか？」

「いいよ。おはよう、ひかり」

中等部の後輩に行儀よくあいさつされて、静花はうなずいた。

万里谷《まりや》ひかり。

はじめて会ったときは小学六年生だった。が、もう中三だ。背丈《せたけ》も手足ものび、ここ一年でぐっと大人っぽくなった。だからだろう。

すこし、姉の祐理《ゆり》先輩に似てきたように思われる。

だが、気品高いロングヘアのお嬢さまであった先輩にくらべて、妹の方は髪を肩口で切りそろえ、親しみやすい柔和《にゅうわ》な雰囲気だった。

「そういえば、ひかりさ。生徒会の方、引退したんだって？」

「はい。ようやく雑用係から解放されました」

いたずらっぽくひかりが笑う。この一年、中等部の生徒会副会長をつとめ、すこし前に後任へ役職を譲ったのである。

そんな後輩へ、静花はにやにやと笑顔を向けた。

「何が雑用係なんだか。聞いてるよ。中等部の生徒会、途中からひかりが『女帝』みたいになってたって」

「な、なんですか、その女帝って!?」

あわてる温厚な後輩へ、静花は言った。

「権力者ってことじゃない？　ま、たしかにひかりはいろいろ仕切ったり、調整するのが上手《うま》いもんねー。生徒会だけじゃなくて、部活の子たちや先生たちも会長より副会長のひかりを頼ってるなんて小耳にはさんだりも……」

「そ、そういう面があったことは否定しませんけどっ」

ここで否定しないあたり、やはり万里谷ひかりは『いい性格』だった。

単なる『いい子』ではない。そして、そういうところを気に入っていた。にやにやと笑う静花へ、ひかりは訴える。

「だったらせめて、気配り屋さんとか言ってくれてもいいような……」

「あははは。そういう言い方もあったか」

「大体、女帝だ女王だっていうなら、静花先輩の方が〝らしい〟です」

「……どうして!?」

「だって、今もこうですし」

女子ふたりで通学路を歩いている。

うしろから足早な男子、自転車通学組に追い抜かれることも珍しくない。

そして「先輩、ちーっす」「おはっす」などと適当なあいさつと会釈《えしゃく》を向ける体育会系男子もすくなくなかった。草薙静花へ、である。

隣でひかりがにこっと笑った。

「静花先輩、茶道部にしか入ってないのに、運動部の方たちにも顔が広いですよね？」

「あー……あれ。ときどき応援団とか、チアリーディング部の助っ人を頼まれてたら、なんかつきあいができたんだよね……」

「そういうときも、いつのまにか先輩がリーダーになってるような」

「まとめ役って言いなさい。あたしはみんなの意見をまとめて、集団行動をスムーズにしているだけだから」

「先輩、会議とかしないじゃないですか。あんなのまだるっこしいって」

「………」

昔から、集団を仕切るのは得意な方だった。

必要なときに適切な指示を出す。気力と行動力でグループを牽引《けんいん》する。草薙静花のひそかな特技だとも言える。が、『職業・女王さま』の母に似ていると言われるゆえんであるため、静花自身はなかなか受け入れづらい評価であった。

こほん。

話題を変えようと、静花はせきばらいする。

さすが〝できた後輩〟のひかりは、すぐさま微笑した。

「そうだ先輩。今度お兄さまが帰国されたら、いっしょにお出かけしませんか？　わたし、お兄さまに前からおねだりしていたんです」

ひかりはなぜか赤の他人である草薙護堂《ごどう》を『お兄さま』と呼ぶ。

しかし、まあ、『気配りのできる歳下のいい子、でもちょっとだけ図々しい』という性格ゆえに、その物言いが彼女に似合うのはたしかだった。違和感もない。

これが妹属性というものか。

友人の陸鷹化《りくようか》がたまに『これも勉強だ』と目を通しているマニア向け読み物の記述を思い出しながら、静花は言った。

「べつにいいよ。でもね、ひかり？」

「なんでしょう？」

「あんな兄貴のことを『さま』なんて持ち上げなくてもいいんだからね？　どうせ、ひかりにもほとんど連絡をよこさないんでしょう？」

「そう……ですね。はい」

「まめに電話とか手紙をよこせなんて言う気はないけどさ。今時、ネットさえできればメールだって気軽に送れるし、電話代かけずにお話だってできるはずなのに。ほんと、うちのバカ兄貴ったら無精なんだから」

「仕方ないんですよお」

苦笑いをして、ひかりは言った。

「お兄さまはルーマニアとかマケドニア——東ヨーロッパの方の遺跡発掘を手伝いはじめたとかで、あまり下宿にも帰ってこられないそうですから……。遠征先は電話やネットのつながらないところが多いんですって」

けなげにもひかりが兄を弁護しようとする。

こんな妹が自分も欲しいと思いつつ、静花は言いかえした。

「いいかげんな言いわけを信じちゃダメ。今は二一世紀。『未開の奥地、最後の秘境！』みたいに言われる土地でだって林檎《りんご》印のスマホは使われてるんだよ？　そりゃあ本当の紛争地帯とかなら、話はべつだろうけど」

「そ、そうかもしれませんけどお」

「まったく。そんなだから、イタリアから妙な荷物が届くのよ」

静花は昨日の一件を思い出した。

「おまけに現地妻だの、なんだのと」

「？　何かあったんですか？」

「んー。たいしたことじゃないんだけどね。実はさ……」

これも話のネタ。静花はかいつまんで事情を語った。

胡散《うさん》くさいうえに兄の不行状を伝える一幕。さすがのひかりもきっと遺憾《いかん》の意を表明するのではと思いきや。

中等部三年生の後輩は、なにやら真剣に考えこんでいた。

「先輩、送られてきた護符《ごふ》はお持ちですか？」

「ん……一応」

誰かのバカバカしいいたずらだろう。

そう思いつつも、静花は例の護符をポケットに入れていた。

黒い鉄製の十字架。手のひらにすっぽり収まる小ささだ。これをいじっていると、なぜか手がじんわりと――あたたまる。

手の熱が金属に伝わるというレベルではなく、携帯カイロさながらであった。

むき出しのまま持ちつづけると、低温火傷《やけど》をしそうなほどだ。

その不思議さに驚いて、思わず持ち出してしまった。また、護符とやらの発する熱は奇妙に心地よく、安心感をあたえてくれた。

実は――登校前に、母愛用のカバンにもひとつ放りこんできた。

あの手紙を信じたわけではない。ないが、なにか本当に御利益《ごりやく》があるのかもと思い、手荷物にしのばせることにしたのだ。

問題の護符を取り出して、静花は言った。

「これ。持ってみる？」

「是非《ぜひ》」

ひかりは即答し、護符をつまんで、しげしげと見つめた。

「イタリアから送られてきたんですよね？　差出人のお名前、わかりますか？」

「なんとかゾラさん。ルクレチア、だったかな」

「そうですか……。先輩、ちょっとこっちへ」

もうすぐ校門というあたりであった。

壁で仕切られた学校敷地のすぐそばを歩いていた。ひかりはその壁のそばへと静花をいざない、通行人の邪魔にならない場所で立ち止まり——

ぎゅっと鉄十字の護符を握りしめた。なにやらつぶやく。

「凶を浄《きよ》め、災を退《しりぞ》け、厄を祓《はら》う。是《これ》すなわち、幸いなる者の霊験《れいげん》なり……」

よく聞き取れず、静花は首をかしげた。

「ひかり？　一体なんて言ったの？」

「せっかくのお守りですから。わたしも祈ってみたんです。静花先輩に幸運のご加護がありますようにって」

「お祈り!?」

「はい。結構効くはずですよお」

にっこり笑って、ひかりは言った。

「わたし、これでも巫女《みこ》のはしくれですから！」

「あー。お姉さんの祐理先輩といっしょにバイトしてたやつね……」

由緒正《ゆいしょ》しいお嬢さままである万里谷姉妹。

彼女たちの意外なバイト歴を思い出して、静花はうなずいた。

「それで先輩、ひとつ提案があります」

ただかわいいだけの妹系少女、後輩ではない――。

それを証明するように、万里谷ひかりはこんなことを言い出した。

「今日はこのまま学校……サボっちゃいましょう。ご案内したい場所があるんです♪」

「ええっ!?」

3

上海《シャンハイ》――。

言わずと知れた中国有数の国際都市である。

そして、旧フランス租界《そかい》近くの高層マンションが少女ふたりの住まいであった。現在、共同生活の真っ最中なのだ。

ふたりとも一九歳。ミラノ出身。

エリカ・ブランデッリとリリアナ・クラニチャールである。

日本の高校を去り、既製《きせい》の制服に袖《そで》を通さなくなってから、早くも二年。今、エリカは白いシャツの上に黒のセーター、そして紅《あか》いコートという組み合わせだ。リリアナはフリースの上に黒いダウンベスト、青のデニムであった。

旧仏租界の界隈《かいわい》では、外国人など珍しくもなかった。

街路樹や、見栄《みば》えのいい洋館も多く、交通量もさほどではない。のんびり散策するには格好のエリアである。

そんな街で、エリカとリリアナはカフェのテラス席にいた。

ふたりでのんびり女子トーク、ではなく。エリカはスマホを片手に通話中、リリアナはノートパソコン相手に事務作業中であった。

『そっちの調子はどうだい、エリカ姐《ねえ》さん？』

「きわめて快調よ。あなたが紹介してくれた人たちも役に立ってくれてるし、草薙護堂《くさなぎごどう》が不在といえども、われらが《円卓連盟》に一分《いちぶ》の隙《すき》もないわ」

『そりゃあよかった』

電話の相手は陸鷹化《りくようか》。香港《ホンコン》陸家の若頭《わかがしら》にして、魔教教主の直弟子《じきでし》である。

彼の師が〝この世界〟から消滅して数年。かつては魔王・羅翠蓮《らすいれん》を頂点とした中華武林《ぶりん》の秩序《ちつじょ》が一時期、大きく揺るぎかけた。

そこでエリカとリリアナが出向くという話になった。

『ま、僕が師父《しふ》の直弟子としてしゃしゃり出てもよかったんだけどな』

電話の向こうで陸鷹化が傲岸《ごうがん》に笑った。

彼の住まいは今も新宿《しんじゆく》歌舞伎町《かぶきちよう》。東京生活を満喫《まんきつ》中なのだ。

『揉《も》めごとを起こそうとする門派を順番に訪ねていって、総帥《そうすい》やら高弟やらをさんざんたたきのめして、おとなしくさせるのさ』

「そうね。あなたならたぶん、できるでしょうね」

カフェテラスで珈琲《コーヒー》の香りを楽しみながら、エリカは認めた。

「わたしの見たかぎり、中国本土の達人たちは陸鷹化の半分も〝武術を使える〟ようには思えないし。でも、それではだめよ」

『わかってるよ。政治的配慮ってやつだろ？』

「ええ。必要なのは、各門派の総帥たちを説得なり懐柔《かいじゆう》すること。ついでに草薙護堂を頂点とする《円卓連盟》の傘の下に取りこんで、大いなる秩序と、わたしたちの覇権をたしかなものにすること……」

『さすが姐さん。雌狐《めぎつね》だねえ』

彼らしい言いまわしで賛辞してから、陸鷹化は話題を変えた。

『ところで、あれだ。例の話、本当かい？　叔父上《おじうえ》がどこかの並行世界で——師父の消息をつかんだってやつ？』

「本当みたいよ」

くすっと微笑んで、エリカは教えた。

「一週間くらい前、ミラノのブランデッリ邸に造った《通廊《つうろう》》に、護堂からの手紙がとどいたの。うちのアリアンナが確認したわ」

『で、叔父上はなんだって？』

「近いうちに一度もどる。あと羅濠《らごう》教主らしき人物とニアミスした。要調査だ……」

『マジかよ!?』

「とても短い手紙で、詳細は書かれていなかったそうよ」

『あー。胃袋の底の方がずんと重くなってきたよ……』

「いいじゃない。二年間も自由を謳歌《おうか》できたのだから」

『それだよ。自由の味を知ったから、今さら師父の支配下にもどりたくないいっつー想いが僕のなかにひしひしつのってってさ……』

「あきらめなさい。教主のご健在を確認できた以上、いつか再会するのが必然よ」

『うううっ。姐さん、他人《ひと》ごとだから気楽に言ってるだろ』

「ふふふ。わかる？」

『当ったり前だよ、ちくしょう』

「それはそうと。あなたの名代《みょうだい》として、わたしとリリィは中国に来ているのだから。日本の方はしっかりおねがいね。具体的には草薙家の人たちとか」

『あの妹のおもりをしろって話だろ。わかってるよ――おっ』

「どうかしたの？」

『奇遇ってやつだ。プライベートの携帯の方に、万里谷《まりや》姐さんの妹から連絡が入った。叔父上の妹を連れてくるだあ？　なに考えてやがる！』

「あら。たいしたものね」

『なんだよ？』

「ひかりと静花《しずか》さん、どちらの手柄《てがら》かは知らないけど。陸鷹化のプライベートに多少なりとも食い込んでいるなんて……と思ったの」

『いちいちうるさいよ。じゃ、切るぜ。また近いうちに連絡くれ』

こうして武林の麒麟児《きりんじ》との通話は終わった。

その一部始終をリリアナ・クラニチャールは怜悧《れいり》な顔で聞いていた。

最近、ＰＣ作業のときに使うようになった銀縁《ぎんぶち》のメガネとあいまって、まさしく〝できる女性〟という雰囲気だった。

「陸鷹化はあいかわらずのようだな」

「ええ」

「わたしの方はあとすこしで終わる……。くっ。このパソコンというやつは、なぜこうもあつかいにくいんだ!?」

「……傍《はた》で見ている人は思いもしないでしょうね」

友人兼同居人の愚痴《ぐち》に、エリカはしみじみコメントした。

「いかにもな感じで文明の利器と向き合っているリリィが——基本操作にさえもまごつくデジタル音痴《おんち》で、今も悪戦苦闘中だなんて……」

「う、うるさいっ」

リリアナは細い指先をキーボード上でたかたか躍《おど》らせている。

愛機は米国メーカーの極薄ノートＰＣ。小洒落《こじゃれ》た街のカフェ内で目撃される割合、最も高い機種だという俗説まである。

これを妖精めいた美少女が涼しい顔で、姿勢よく操っている。

絵になる光景だったが、実情は決して麗《うるわ》しくない。

「ねえリリィ。あきらめて紙の帳簿《ちょうぼ》と……そうね、電卓を使ったら？　あれなら昔の携帯電話とたいして変わらない難易度よ。あなた、スマートフォンも通話とメール、カメラ程度しか使ってないでしょう？」

「いいや。ここを乗り越えれば、作業効率が飛躍的に上がる、はずだ」

信念に満ちた言葉をリリアナは口にした。

「大体、あなたが言ったことじゃないかっ。その辺の御老人の方がわたしよりもぴーしーやすまほを器用に使いこなしていると！」

「あれは失言だったと、ちょっと後悔しているわ」

「とにかくエリカ。これはわたしの担当範囲だ。余計な口出しはなしにしてもらおうか――おや？　新しいメールが来ているな……」

「誰から？」

「ルクレチア・ゾラだ。珍しいな」

「そうね。ちょっと貸して頂戴《ちょうだい》。わたしが見てあげる」

「いい。ほかにも二〇通近いメールが来ているんだ。今の作業を終わらせてから、じっくりチェックする」

「で、作業とやらはいつ頃終わりそうなのかしら？」

「直《じき》にだ。ええと、こういうときの操作手順は……たしかメモしたはず……」

「今時、紙のメモ帳を愛用している時点で、やっぱりデジタルに向いてないわよね……」

リリアナが荷物を探り、エリカがため息をつく。

そんなときだった。まだ若い――彼女たちと同年代の青年が近づいてきたのだ。そのまま声をかけられた。

「よう」

屈託《くったく》のない、彼の笑顔を前にして。

エリカは立ちあがり、リリアナはＰＣを脇《わき》に押しのけた。

4

英雄ラーマから『魔王殲滅《せんめつ》の運命』を受け継いだのは二年半前。

以来、あちこちの並行世界から、お呼びがかかるようになった。これを受ければ、労せずして次元間移動《プレーン・ウォーキング》が可能になる。

「ま、本当は呪いみたいなもんだけどな」

しかし、ものは考えよう。

むしろ永遠の戦士《エターナル・チャンピオン》にあたえられた特権と見なして、呼ばれるたびにその並行世界を訪ねていった。

月に一度は〝召喚《しょうかん》〟されるので、なかなかにいそがしい。

こりゃ高校に通う暇《ひま》もないぞとなり、欧州《おうしゅう》留学の体裁《ていさい》をととのえて、根津《ねづ》三丁目の実家を出たのである。

一応、現住所はイタリアのミラノだ。

しかし、下宿代わりのブランデッリ邸に一週間と居つづけた記憶はない。

このあわただしい生活で、わかったことがある。

魔王殲滅の勇者を待ち望む並行世界は数あれど、本当に今すぐ滅亡しそうな世界はそうそうなかった。

ほとんどが『突然現れた魔王！』を警戒し、用心棒を欲《ほっ》しただけだった。

だから――安心して、次々と並行世界を渡り歩けた（もちろん、稀《まれ》に世界の存亡を懸《か》けて戦う場合もあったが）。

当然、旅先では魔王たちと遭遇する。

神殺しならざる妖魔、悪鬼、魔神などがこの役を担《にな》っているときも多かった。

だが、ときどき〝同族〟にぶち当たる。彼らはカンピオーネと呼ばれていることもあれば、べつの称号を冠されていることもあった。

（いちばんシンプルな呼称は、やはり《神殺し》だ）

並行世界で巡り会うカンピオーネないし、神殺しの魔王たち。

基本的に、それぞれの世界で〝誕生〟した者ばかりだが――たまに旧知の連中と出くわせる。

すでにサルバトーレ・ドニとジョン・プルートー・スミスと再会し、彼らの『帰還』を成功させていた。

アレクサンドル・ガスコインとも再会済み。

しかし、黒王子は『俺もあちこち見聞してみたい』と帰還を拒否し、好き勝手に並行世界をうろついている。

探索の達人だけあって、並行世界の歩き方を自力《じりき》で会得《えとく》してしまったのだ。

これで自分と黒王子アレク、次元移動者《プレーン・ウォーカー》がふたりとなった。

だが最近——もうひとりいるらしいとわかってきた。

その人物とはまだ、直《じか》に対面できていない。しかし、ときどきうわさを聞く。超音波の歌声と無双の怪力を誇る女傑《じょけつ》が神を相手に互角以上の戦いを演じて、あちこちの並行世界に混乱と救済をまき散らしていったと……。

「どう考えても姐《ねえ》さんだよなあ」

義姉《あね》・羅翠蓮《らすいれん》。さすが古今無双《ここんむそう》の女傑にして覇者。

偉大なる魔教教主も、独力で並行世界を渡れるようになったらしい。

「そのうち、どこかでばったり出くわすだろ」

生死不明だった義姉が健在らしいと知って、とにかく一安心できた。

まあ、最大の不安材料であるアイーシャ夫人の消息はいまだ不明。彼女がまたとんでもないことをやらかす前に発見したいところだが。

もしかしたら、もう——遅いのかもしれない……。


このような旅の合間を縫《ぬ》って、もとの世界にも帰ってくる。

こちらにいる間はずっと休息——にはならない。魔王などと呼ばれる者特有の雑用をこなすため、そして、あちこちにいる仲間や友人たちと会うために、今度は地球各地をいそがしく飛びまわる。


今回、強行軍で訪れたのは上海《シャンハイ》だった。

その日は結局、エリカとリリアナの部屋に泊まった。二カ月ぶりの逢瀬《おうせ》である。だから、多少はっちゃけても仕方ないというものだろう。

そう。たとえば。


「本当にひどい人。このわたしをずっと放っておい……んっ」

ベッドの上で拗《す》ねるエリカの唇は、強引にふさいでしまう。

そのうえでご機嫌ななめの紅き悪魔《ディアヴォロ・ロッソ》に、言いわけをはじめる——とか。

「悪いな。でも最初の頃、みんなであっち側に行ってて、わかっただろ？　信用できる人間をこっちに残しておかないと、大変なことになるって」

「ええ。サルバトーレ卿《きょう》が新たな次元移動者になろうと、いろいろ画策《かくさく》しているものね」

「スミスも新しい邪術師《じゃじゅつし》の結社との戦いをはじめたしなあ……」

言葉を交わしながらも、せわしなくキスを繰りかえす。

もちろんエリカのすばらしい肢体《したい》を組み伏せて、香水以外何も身につけていない彼女とぴったり体を寄りそわせながら——とか。

「断っておきますが。もちろん、わたしにそのような懐柔《かいじゅう》は必要ありません」

「だよなあ」

割り込んできたリリアナとも濃厚なキスを交わす——とか。

「ただ、あなたの留守をあずかる副官として、激務をこなすのは……本当にたいへんです。しかるべき褒賞《ほうしょう》なしには、とても続けられません」

「こういうのでどうだ?」

「んっ……唇だけじゃ、いやです」

当然と訴えるリリアナの首筋に唇を這《は》わせ、肩、二の腕を味わい、ひかえめな胸、その先端に咲いた桜色のつぼみを味わう——とか。

「もうっ。リリィなんかの相手をして……んんっ」

エリカにも同じことをして、甘い吐息《といき》を引き出させる——とか。

「あ——んんんんっ」

「わたし……もうダメ。あ、待って、やめ、ないで……んっ!」

リリアナとエリカが苦しそうにあえぎ、悶絶《もんぜつ》する姿を思うさま堪能《たんのう》する、とか。

そのまま為《な》すべきことを全て成し遂《と》げてしまう、とか。

数時間後、広いベッドに一糸《いっし》まとわぬ肢体を横たえる騎士ふたり——彼女たちの疲れはてながらも満足しきった愉悦《ゆえつ》の表情を見とどける、とか。

そして、おもむろにエリカがつぶやいた。

「またこういう……みんなで愉《たの》しむ形に……なってしまったわね」

「し、仕方ないだろう。わたしたちの主《あるじ》は……おいそがしい。あまりゆっくりもしていられない以上、こうなるのも必然と言おうか……」

「でもリリィ。あなた、こういうとき、不思議とうれしそうね……」

「……気のせいだろう」

「そうかしら……？　もしかしてリリィ、こういう倒錯《とうさく》的で退廃的な行為にすっかり身も心も慣らされてしまったとか……？」

「ご、誤解を招く言い方はやめてくれ……」

「ブランデッリ家の淑女《しゅくじょ》であるわたしには、理解できない境地だわ……」

「何を言う。あなたの方こそ、こういうとき、ふだんよりも無我夢中と言おうか……」

「ば、バカなことを言わないで……」

言いあらそう少女たちの語調にとげはない。

むしろ吐息と言葉はひたすら甘く、愛《いと》おしく、彼女たちの全てをふたたび味わい尽くしたくなってしまう。

しかし、こんなことばかりやってはいられない。

「ふう」

ベッドの上でおもむろに身を起こし、エリカとリリアナに微笑みかける。

ふたりとも満面の笑みで応《こた》えてくれた。英雄ならざる魔王として、身震いしたくなるほどの充足感を覚えたのだが。

ふとエリカがつぶやいた。

「そろそろ——名前を考えておくべきかしらね……」

「何の名前だ？」

「あなたとわたしの子供のに決まってるでしょう？」

「…………」

「男の子ならチェーザレにしようと思うの。イタリアでは割とよくある名前だけど、ブランデッリ家には——この名前の男子、実は今までひとりもいないのよね。乱世の梟雄《きょうゆう》チェーザレ・ボルジアと同名でもあるし、わたしたちの息子にふさわしい名前だわ。でも、娘が生まれたときはどうしましょうか？」

「子供の名前か。わたしも考えておくべきか……」

「是非《ぜひ》そうすべきよ、リリィ」

「しかし、日本名をつけるという選択肢もある。その場合、わたしたちよりも父となる御方に考えていただくべきで……」

行為のあとの弛緩《しかん》した雰囲気のなか、寝物語が続く。

冒険と混乱ばかりの毎日がうそのような——おそろしく平穏なひとときだった。

5

万里谷《まりや》ひかりからの連絡、『これから、静花《しずか》先輩を陸《りく》さんのところにお連れしますね☆』へ、もちろん陸鷹化《ようか》は電光石火《でんこうせっか》でこう返信した。

『ざけんな。あの女にねぐらを襲撃されてたまるか。とりあえず、おまえのところの神社に連れていけ。僕はあとから合流する』

それまで新宿歌舞伎町《しんじゅくかぶきちょう》の雑居ビルにいた。

香港《ホンコン》陸家の東京支部にして、鷹化の住まいである。ここの自室で上海《シャンハイ》のエリカ・ブランデッリと通話していたわけだが。

黒いTシャツの上に、同じく黒のブルゾンを羽織り、仏頂面《ぶっちょうづら》で外に出た。

——万里谷祐理《ゆり》の妹もいまや見習いではなく、正式な媛巫女《ひめみこ》である。京都に転居した姉に代わって、七雄《ななお》神社を預かる身だ。

しかし、陸鷹化はあの神社がある虎《とら》ノ門《もん》には向かわない。

やってきたのは千代田《ちよだ》区三番町《さんばんちょう》だった。

沙耶宮家《さやのみやけ》別邸。古びている分、趣《おもむき》のある洋館であった。

正史編纂《せいしへんさん》委員会の本拠地である。

だが、ここの主《あるじ》はとっくに草薙護堂《くさなぎごどう》の信奉者であり、かの魔王を頂点とする《円卓連盟》の下部組織として、委員会は再スタートを切っていた。

この洋館に我がもの顔で上がりこみ、陸鷹化は主の執務室に向かった。

「いよう」

「やあ。珍しいね、陸くんがここに来るなんて」

「いつもは私たちの方がそちらの店やらビルやらにお邪魔してますからねえ」

麗人・沙耶宮馨《かおる》はあいかわらず、かちっとした男装であった。

甘粕冬馬《あまかすとうま》のくたびれた背広姿もいつもどおり。ここ二年で一五センチも背がのびた鷹化とちがい、ふたりともたいして変わってない。

数年来の顔なじみとなった主従へ、鷹化は単刀直入《たんとうちょくにゅう》に言う。

「叔父上《おじうえ》の妹が巻きこまれてるって揉《も》めごと、どうせもう、詳細をつかんでるだろ？　手短に教えてくれよ」

「さすが陸さん、鋭いですね」

甘粕がにっこり笑う。鷹化はしかめ面《つら》を見せた。

「万里谷ひかりがあんたたちへの連絡をサボるわけない。あの女、しつこいくらいマメに根まわしするから、こっちはしょっちゅう迷惑してる」

「わははは、そうでしたか」

甘粕が笑うそばで、沙耶宮馨が言った。

「現在、静花さんは七雄のお社《やしろ》にお連れして、ひかりが保護している。その間に、ぼくら委員会の方でサルデーニャの魔女ルクレチア・ゾラと連絡を取ってみたよ」

初めて聞く名前だった。鷹化は訊《たず》ねた。

「誰だよ、それ?」

「欧州《おうしゅう》でも一、二を争う魔女で、ぼくらのご主人さま・草薙護堂がカンピオーネとなられる原因を作った人物だ。具体的には《プロメテウス秘笈《ひきゅう》》——神の力を盗み出せるという石版を日本に残していったんだね、彼女は」

「へえ」

「護堂さんはその石版をルクレチア女史にとどけるため、はるばるイタリアのサルデーニャ島を訪ねて、軍神ウルスラグナと戦う大冒険に巻きこまれたそうだよ。で、うちの甘粕さんが彼女と電話でおしゃべりしてみたわけだ」

ちらりと馨に目配せされて、甘粕がふたたび口を開いた。

「その石版、ルクレチア師が何十年か前に日本へ来たとき、能登《のと》半島の今は廃村になった集落の……小さな祠《ほこら》に置いていったものなんですよ」

「何のためにさ？」

「危険な怨霊《おんりよう》──たたり神の呪いを鎮《しず》めるためだそうでして……。ルクレチア師は義侠心《ぎきようしん》から、たまたま所持していた《プロメテウス秘笈》でたたり神の神力を盗み、当の神様を無力化したのですな。そして、神が復活したときにそなえて──」

《プロメテウス秘笈》を祠に奉納《ほうのう》していった。

しかし時は流れて、たたり神の甦《よみがえ》った土地は廃村となり、行き場をなくした石版は〝元の持ち主の知り合い〟草薙一朗《いちろう》の家へと送られた……。

「叔父上はそんな事情で神様を殺す羽目になったのかよ」

「一〇日ほど前、ルクレチア師は霊視を得たそうです。このときのたたり神が甦り、世に災《わざわ》いを起こそうとすると。でも、彼を封じた石版が村の外に出たことも承知している──。だから探し出して、たたき壊そうとしている……」

甘粕はここで肩をすくめた。

「問題のたたり神は石版の行方《ゆくえ》を追って、草薙家へ現れるはず。これがルクレチア師の託宣《たくせん》です。あの家の方々を守るために護符《ごふ》を送ったり、上海や京都《きようと》の方たちに連絡を入れたりもしていたそうで」

「でも、京都の姐《ねえ》さんたちは山ごもり中だろ？」

甘粕から経緯《いきさつ》を聞いて、鷹化は言った。

「電話もネットも使えないから、連絡しても無駄じゃないか？」

「まさしくそのとおりだったようです。そして、なぜか上海の方たちからも反応はなしで困っていたのだとか」

「了解だよ。とにかく、そういうことなら」

すこし思案して、鷹化は提案した。

「たたり神とか言っても、幽鬼《ゆうき》や怨霊の類《たぐい》なんだろ？　なら、僕と沙耶宮の兄さん、そしてひかりのやつも呼んで、叔父上の家に張りこむのはどうだ？」

「待ち伏せする気かい、陸くん？　力ずくで調伏《ちょうぶく》するわけか」

馨に言われて、鷹化はうなずいた。

「ああ。媛巫女《ひめみこ》ふたりに僕がいれば十分だろ」

「たしかにね。でも、肉弾戦組の君がこういう〝目に見えない怪物〟相手の荒事に進んで参加してくれるのが意外だったんでね」

馨は微笑し、ちらりと甘粕を見た。

「いやね。甘粕さんをどう説得して、マスターニンジャの本領を発揮してもらおうか、思案の最中だったんだ！」

「たたり神なんて物騒な相手との最前線じゃ、忍術は役立ちませんよ！」

もちろん甘粕は力いっぱい拒否し、上司の方はやんわり指摘する。

「またまた。憑《つ》きもの落としもできるはずだろう？　甘粕さんは陰陽道《おんみょうどう》の方もかなりいけるクチじゃないか」

「せっかく陸さんが参戦希望なんですから、おまかせすべきですって！」

「ま、師父《しふ》のことをあれこれ聞いて、実戦の勘をとりもどしたくなったんでね。ひさしぶりに鬼退治も悪くない」

武林《ぶりん》の麒麟《きりん》児《じ》、陸鷹化も一七歳。

身長は一七五センチほど。体格・身体能力の完成にはまだ数年を要するだろう。だが、一四歳だった頃より、肉体の成長はいちじるしい。

そして、師が不在といえども、技の成長が止まることは――ありえない。

陸鷹化ほどの境地に達した遣《つか》い手であれば、ただひとりで技を練り、練功《れんこう》を積みかさね、工夫を凝《こ》らしていけば、それでいい。自分で自分を高められるだけの素養と下地を長き修行の日々で身につけている。

この域に達した者は、極端な話、寝ているだけでも上達する。

寝転がって風の流れを感じ、雲の流れを眺めているだけでも自《みずか》ら悟るところがあり、より精妙に技を研ぎすますきっかけとなる。

しかし、『実戦の勘』だけはどうしても鈍《にぶ》る。

ここ二年、師からの無茶ぶりを受けるわけでもなく、東京で無法者集団《香港陸家》の活動に専念していた結果、最前線に赴《おもむ》く機会は減った。

陸鷹化はいよいよ観念して、〝現役復帰〟を決意したのである。

6

京都《きょうと》府内の深山であった。

ただし京都といっても、滋賀《しが》県にもまたがっている県境の山だ。

霊地として名高い比叡山《ひえいざん》——。

かの天台宗《てんだいしゅう》の総本山・延暦寺《えんりゃくじ》も擁《よう》する神域であった。ここが清秋院《せいしゅういん》恵那《えな》の選んだ〝山ごもりの地〟なのだ。

今、太刀《たち》の媛巫女《ひめみこ》は高みより夕暮れ時の御山を見おろしている。

樹齢、おそらく四桁《よんけた》に達するであろう千年杉。そのてっぺんまで、身軽さを活《い》かして猿《ましら》のように登ってみせたのである。

「思ったとおり、高いところはやっぱり気持ちいいよね……」

冬風の冷たささえも心地よい。恵那はつぶやいた。

……長く山中にいると、ひとりごとが多くなる。自然児の清秋院恵那といえども、孤独をもてあましがちになるせいだろう。

ちなみに恵那の格好は、巫女装束《しょうぞく》であった。

白衣《びゃくえ》に緋袴《ひばかま》、さらに上着である千早《ちはや》を羽織り、足袋《たび》に草履《ぞうり》を合わせる。

ただし、山野を跳びまわるときに動きやすいよう、たすき掛けをしていた。袴には脚絆《きゃはん》を組み合わせて、十分に走りやすい。

手には錫杖《しゃくじょう》を持ち、巫女と修験者《しゅげんじゃ》を折衷《せっちゅう》したような装《よそお》いである。

「おっ。あれはうちの方だよね？」

山中の一角より、炊事の煙が立ちのぼっている。

万里谷祐理《まりやゆり》といっしょに、粗末な庵《いおり》で起居している。その仮住まいのある方角だ。ささやかな夕餉《ゆうげ》のために、相方が腕を振るっているのだろう。

「べつにこのために連れてきたわけじゃないけど。こういうとき、祐理がいっしょでよかったと思うよねえ……」

しみじみとつぶやいた。

今は五穀断《ごこくだ》ちもしていないので、米も麦も自由に食せる。

食材はとぼしいものの、料理自慢の大和撫子《やまとなでしこ》はあれこれ工夫して、食卓に変化といろどりを加えてくれる。心強い味方だった。

尚──

恵那も、祐理も、京都府内のとある女子大の生徒となっている。

ただし大学生活の合間に、数カ月おきに山ごもりを繰りかえしているため、決して勤勉な学生とはいえない。正史編纂《せいしへんさん》委員会とつながりのある、『媛巫女たちに便宜《べんぎ》を図ってくれる教育機関』というだけで選んだ学校なのだ。

恵那たちの目的は勉学ではない。

西、すなわち静岡以西の媛巫女たちをとりまとめることだった。

清秋院恵那と万里谷祐理、共に筆頭格《ひっとうかく》の媛巫女である。

しかし、どちらも『東』の人間だ。正史編纂委員会の長にして媛巫女筆頭のひとり沙耶宮《さやのみや》馨《かおる》も東京出身。

この二年半、馨は辣腕《らつわん》を振るい、委員会の組織構造を激変させた。

それを可能としたのは、〝世界に残った唯《ただ》ひとりの神殺し〟の威光であった。

ただ、急進的《ドラスティック》すぎる改革は反発を生む。東京から物理的にも心情的にも遠い『西の地』は特にそうだ。

「本当なら、王様が直々《じきじき》に西へ乗りこめればよかったんだけど」

いそがしい彼にそれを望むわけにもいかない。

だから、清秋院恵那と万里谷祐理が京都まで来たのである。

媛巫女筆頭にして神殺しの伴侶《はんりょ》。このふたりが京都を中心とする『西』の日本呪術界で存在感を示せば、おのずと反発は減っていくはず。

そう判断して、進学を機に、京都への転居を行った。

そして、このもくろみは一年を待たずして、成功しつつある。

「これなら、そろそろ王様といっしょに〝あっち側〟へ往《い》けるかもね……」

そのときのために修練はおこたらない。

恵那だけでなく、祐理まで山ごもりするのもそのためだ。深山の霊気によって、心身共に研ぎすますつもりなのだ――

「あれ？」

千年杉のてっぺんに立ち、山の景色を一望していた。

しかし、恵那は〝ある違和感〟を覚えて、首をかしげた。

今回の山ごもり、すでに半月近くも続いている。おかげでこの辺の地理はすっかり把握《はあく》していた。そのなかに何かなつかしいものがまぎれこんだような……。

視力でも、直感でもなく。

神刀・天叢雲剣《あまのむらくものつるぎ》との絆《きずな》が清秋院恵那にそれを教えてくれた。

「王様！」

千年杉を猿の身のこなしで駆けおりて、山中を走り出す。

なつかしい神刀の気を求めて、走る。走る。目当ての人物とは、険《けわ》しい山道の途中でばったり遭遇できた。

「何か来ると思ったら、やっぱりおまえか」

「待ってたんだよ、ずっと！」

涙ぐみながら飛びついて、抱きしめる。

しかし勢いをつけすぎたせいで、彼を押したおす形になってしまった。背中から倒れた彼の上に、恵那がのしかかる体勢だ。

だが、これでふたりの体は密着し、熱く視線は絡《から》み合い——

「恵那……」

「会いたかったよ王様……って、駄目だよ、まだ！」

愛《いと》しい背《せ》の君《きみ》に呼ばれて、唇を差し出しかけて、恵那はハッとした。

「近くに祐理がいるのに——抜け駆けになっちゃう」

「そうなのか？」

「う、うん。やっぱり祐理のいるところでするのがいいな……」

「こういうときって、むしろ、ふたりきりになりたがるものなのになあ」

「えっ、そうなの？」

「みたいだけど、よそはよそだな。俺も早く祐理に会いたい。どこにいるんだ？」


山暮らしのための、簡素な木造の小屋。

祐理たちの仮住まいであった。水道、ガス、電気のいずれもない。清流から水をくみ、マッチなどで火をおこすという生活には苦労も多い。

しかし、この深山の気が祐理たち媛巫女の心身を浄《きよ》めてくれる。

そのためのふたり暮らしであり、山ごもりなのだ。修行の一環であるため、祐理も巫女装束である。千早を重ね着している。

今夜の夕食は、山菜とキノコの鍋、そして味噌雑炊《ぞうすい》だった。

ひととおり支度を終えて、祐理はつぶやいた。

「恵那さん、まだ帰らないのかしら？」

相方である清秋院恵那。

いつも夜明け前に出かけて、日暮れと共に帰ってくる。だが今日は〝帰宅〟が遅い。何か危険な目に遭《あ》ったのではと、心配したとき。

「あら？」

小屋の隅に、いつのまにか封筒が転がっていた。

几帳面《きちょうめん》な祐理はこんなところに放り出したりはしない。大雑把《おおざっぱ》な同居人はそのかぎりではないが、彼女が出かけたあとに掃除と整理整頓も済ませてある。

つまり、投函《とうかん》の呪術で送られてきたもの――。

「あの封筒は……馨さん？」

珍しい薄柿《うすがき》色の封筒であった。

沙耶宮馨が私信などを送るときに、しばしば用いるものだった。

どんな報《しら》せなのだろう？　拾いにいきかけたとき、がたっと山小屋の扉が開いた。てっきり清秋院恵那の帰還だと思い、振りかえって――

「!?」

祐理は絶句した。

いるはずのない青年がそこにいたのである。

「ひさしぶりだな、祐理」

「ふふふふ。王様ってば上海《シャンハイ》から関西空港行きの飛行機に飛び乗って、強行軍でここまで来てくれたんだって！」

彼のすぐうしろで、清秋院恵那もにっこり笑っていた。

しかし、祐理の頭はまっしろになり、何を言うべきか迷ったあげく、やや調子外れのことを口走ってしまった。

「あ、あの、ちょうどよかったです。晩ご飯の支度ができたばかりで――。え、恵那さんもちょっと待っていてくださいね？　すぐに準備して……」

「それよりも俺はこっちがいいな」

「え……っ」

「祐理」

気づけば彼に抱きしめられていた。そして、さらに気づけば、巫女装束を全て脱ぎすて、彼と褥《しとね》を共にしていた。

同じ格好の恵那もいっしょにいて、左右から愛しい青年を共有する形になっていた。

「やっと王様とこうできる……うれしい――」

「恵那のやつ、祐理といっしょじゃないと駄目だって言い張ったんだ」

「もう、恵那さんたら……」

ふたりで彼の唇と愛撫《あいぶ》を受け止めて、陶然《とうぜん》とする。身悶《みもだ》えし、切なくあえぐ。ふたりの白い肢体《したい》で彼を挟みこみ、素肌のやわらかさとぬくもりでつつみこむ――。

が、それだけではない。

「あっ。いたずらしないで祐理――！」

懇願《こんがん》されても、かまわず背中に唇を這《は》わせる。

祐理に愛撫されて、太刀の媛巫女は「ん……っ」とうめき声をもらす。こういうとき必死に我慢しようとするさまが愛おしい。祐理は微笑んだ。

「じっとしていてくださいね、恵那さん」

「も、もうっ。ん――んんんっ」

幼なじみとして、親友として、長くつきあってきたからか。

背の君である青年といっしょに清秋院恵那とも褥を共にするとき、自然と彼女とも肌を合わすことに抵抗がなくなっていった。いつもは積極的な幼なじみが弱々しく、しかし心地よさげに身悶えするところへ、彼とふたりで愛撫を加えたりもする。

「そんなふうにするなら――王様、手伝って」

「よし」

「あっ。恵那さんもそんな……んんんんっ！」

どうにか恵那は身を起こし、するりと祐理の右側に回りこみ、耳たぶと首筋に口づけしてきた。そして左側には彼が回りこみ、同じことを――

いつのまにか陽《ひ》は完全に沈み、夜を迎えていた。

隙間《すきま》だらけの小屋には、深山の冷気がどんどん入りこんでくる。

囲炉裏《いろり》で燃える火だけでは、とても暖を取りきれない。しかし、三人はひさしぶりの逢瀬《おうせ》にやりすぎなほど燃えあがっていた。

すこしも寒さを感じないまま、時間は過ぎていった――。

7

夜が来た。

禍々《まがまが》しき幽界の者どもが活気づく時間帯だ。

「叔父上《おじうえ》の家には今夜、誰もいないんだろ？」

「はい。静花《しずか》先輩に電話していただいて、草薙家《くさなぎけ》のお母さまには外泊していただけることになりましたから」

「よし。心置きなくやれるってわけだ」

万里谷《まりや》ひかりに保証されて、陸鷹化《りくようか》はうなずいた。

すぐそばには三人目の人物がひかえている。

「はははは。この面子《メンツ》で一暴れするのは初めてだから――すごく新鮮だね」

「馨《かおる》さんはあまり〝現場〟に出ないですものね」

「それが責任者ってものだよ。ただ今回は魑魅魍魎《ちみもうりょう》、幽鬼、たたり神なんて代物《しろもの》が相手である以上、ぼくら以上に適任はいない」

ひかりに言われて、沙耶宮《さやのみや》馨がウインクする。

夜一〇時を過ぎた根津《ねづ》三丁目――。その路地裏であった。

人目につく可能性があるので、三人とも普段着のままだ。ただし、ひかりだけは城楠《じょうなん》学院の制服姿である。そして馨は『男装の麗人』として、男物のジャケットの上に、これまた男物の黒いコートを羽織っていた。

今宵《こよい》、馨は媛巫女《ひめみこ》として来たのだ。にこりと笑う。

「これも何かの縁。すこしは体を張って、出しゃばらないとね」

「甘粕《あまかす》さん、すごくうれしそうでしたねー」

「あの兄さん、いつも沙耶宮の兄さんに酷使《こくし》されてるからな」

「ところで陸さんって、馨さんにはふつうに接しますよね？　馨さんも女性なのに」

「だって、こいつはもう男といっしょだろ？」

「一応、花も恥じらう乙女のはしくれとしては、怒るべきか悲しむべきか迷う発言だねえ。ぼくだってこれで結構、切ない女心のひとつやふたつ持ち合わせが――」

「うるさいっ。心にもないこと、言うんじゃないよ！」

ふざける馨へ鷹化は一喝《いっかつ》し、ひかりが笑っている。

あまり緊張感がない――のはうわべだけ。若い／幼い三人であるが、これで全員、水準を遥《はる》かに超える経験の持ち主なのだ。

待ち伏せ、待機の時点で気を張っていたら、先に疲れてしまう。

いざというときに力を振るうため、今はあえてリラックスすべきなのだ。

それに何より、三人とも気を抜いてはいない。おしゃべりの声もあくまで小さく、媛巫女ふたりは霊感を研ぎすませて、邪の気配を探っている。

陸鷹化は深い内功《ないこう》の造詣《ぞうけい》ゆえに、誰よりも鋭い聴力を持つ。ことりと不審な物音がすれば、すぐに聴きとれる。そして今宵《こよい》、武林《ぶりん》の麒麟児《きりんじ》はひさしぶりに一族秘蔵の武具を持ち出していた。

「陸くん。例のあれ、用意してくれたんだろう？」

「ああ。見てみな」

ちゃらっ。ポケットから折りたたんでいた武器を取り出し、両手で端と端を持って、すばやく広げる。いわば『金属製の鞭《むち》』であった。

長さ一一〇センチほど。細い金属の棒を鉄のリングでつなぎ合わせている。

先端には槍《やり》の穂先《ほさき》のような『刃』が装着されていた。

振りまわせば鞭のごとくしなり、敵を打つ。斬《き》り裂ける。そのうえ折りたためば手のなかにすっぽり収まってしまう。

九節鞭《くせつべん》と呼ばれる、中国武術の武器であった。

馨が感じ入った。

「これか。昔、魔王内戦のとき、エリカさん相手に使ったっていう」

「駆邪《くじゃ》の霊験《れいげん》を仕込んだ《雷法鞭《らいほうべん》》だ。鬼《き》を裂き、邪をぶちのめし、呪いでも法術でもきれいに打ち消せる」

九節鞭を構成する金属の棒、全て黒曜石《こくようせき》のごとき漆黒《しっこく》だった。

鋭い穂先のすぐ下には『百邪斬断《ひゃくじゃざんだん》・万精駆逐《ばんせいくちく》』の八字が筆で書いたかのように細く、精密に彫刻されている。

これこそ《雷法鞭》。香港《ホンコン》陸家の秘宝であった。

以前はエリカ・ブランデッリの魔術を打ち消すために用いたが、むしろ妖怪退治の方が本来の用法なのである。

「こいつで思い出したけど、エリカ姐《ねえ》さんとは連絡がついたのかい？」

「いいや、残念ながら。京都の祐理《ゆり》や恵那《えな》ともね。向こうで何かあったのかねえ？」

「でも、どのみち東京に残ったわたしたちで対応すべき案件です。お姉ちゃんたちにいちいち確認を取らなくても――」

にこやかに言いかけて、ひかりが真顔になった。

「馨さん」

「ああ。おいでになったようだね」

「僕も感じるよ。背筋がぞくっと凍《こご》えるような……昔、師父《しふ》に幽鬼だらけの洞窟に放りこまれたときを思い出すな、ちくしょう」

夜の空気に、なんとも禍々《まがまが》しい気配が混ざるようになった。

只人《ただびと》には視《み》ることも感じることもできず、音も立てずに這《は》い寄る怪物が草薙家めがけて到来しつつあるのだ。

しかし——集まった三人にあせりはない。

霊力・禍祓《まがはら》いに長《た》けた万里谷ひかり、媛巫女筆頭《ひっとう》のひとりとして最高水準の霊力・呪術を修《おさ》めた馨、妖撃《ようげき》の法具まで持ち出した陸鷹化。

この三名の陣容を打ち破れるほどの強剛さ、件《くだん》の怨霊《おんりょう》にはないと。

妖気の度合いから、すでに感じ取っていたのである。

そして三〇分後、それは事実であったと証明されるのだが——


「ええと。質問してもいいでしょうか？」

「もちろんかまいませんよ、草薙静花さん。ただ個人情報保護の観点から、私の住所や電話番号はご容赦ください」

静花の問いかけに、甘粕と名乗った人物はにこにこと言った。

くたびれた背広を着た三〇歳前後の青年だ。人畜無害そうな見た目の割に、なぜかまっとうな勤め人には見えない。

（あれだな。私服の刑事さんとかと似た雰囲気のある人だな……）

そんなことを静花は考えた。

ここは港区《みなと》の虎ノ門《とらもん》。後輩のひかりがたまにバイトするという神社である。ただし、社殿や境内《けいだい》、社務所《しやむしよ》などにひとりの神職もいない。

玉砂利《たまじやり》を敷きつめた境内──

そこには草薙静花と、甘粕なる青年しかいないのである。

「あたし、いつ頃うちに帰れるんでしょう？」

「妖怪退治が終わってからです」

「ひかりや、この神社の人たちは一体どこへ……？」

「万一のことがあるといけないので、待避していただいております」

「万一って？」

「問題のたたり神が標的の気をたどって、あなたのもとに顕《あらわ》れることです」

「あたし、そいつに狙《ねら》われてるんですか!?」

「というより、昔、そのたたり神を封じた石版が狙われてるのですね。一時、保管場所となっていた草薙家で私どものスタッフが待ち伏せして、今まさに対処中なのですが。家人の気配をたどって、あなたやお母上のあとを追うこともありえますし」

「はあ」

独自のロジックを甘粕青年は流暢《りゆうちよう》に、どこかうれしそうに語った。

人に何かを教えることがうれしいという性格なのかもしれない。数時間前、この神社で待たされていた静花の前に現れて、彼は言ったものだ。

『どうも。妖怪退治の専門家です。しばらくあなたを保護いたします』と。

さらに、

『こちらの神社から全てまかされまして、神社庁の方から参りました』とも。

なんとも人を食った言いぐさだった。

出会った当初から不思議と上機嫌な青年へ、静花はあらためて訊《たず》ねた。

「あたしが本当に危ない目に遭《あ》う可能性、どれくらいなんでしょう？」

「念のため、私がついているわけですが――一割を切ると思いますよ。今夜、ご自宅の方で作業に当たっているチームは日本最高峰ですから。ただ、ひとつだけ懸念《けねん》があるとすれば、ルクレチア・ゾラほどの人が〝あの石版〟を使ったことくらいで……」

「？」

「いえね。問題の石版、とんでもなく由緒《ゆいしょ》のある代物《しろもの》なんですよ。よほど手強《てごわ》いか、しぶとい相手でもなければ、使わなかったんじゃないかなと。もしかしてもしかすると、あの三人の包囲網を間一髪《かんいっぱつ》ですり抜ける可能性もゼロではない、なんて――」

訳のわからない説明が滔々《とうとう》と語られていたとき。

ぞくり。静花はやにわに冷気を感じとった。

体が芯《しん》から凍えそうなほどであった。一二月の東京とは思えない。雪の積もる冬山にでも来たかのように。

そして、甘粕がぎょっとしていた。境内の一点を見つめている。

静花も驚愕《きょうがく》した。そこに——不定形の靄《もや》がうごめいていたのだ。濁《にご》った空気のかたまりのような何かが、もやもやとわだかまっている！

「あ、あれ、何ですか？」

「一割以下の可能性、当たっちゃいましたね……。石版が持ち出されたと踏んで、たたり神どのは必死に追いかけてきたんですよ。草薙家の住人の気配を——」

「じ、じゃあ、やっぱり幽霊か何か!?」

「もうちょっと上級の存在です。さがっていてください」

甘粕青年は紙の札《ふだ》をさっと投げつけた。

そこには漢字やら紋様やらが複雑に書きつらねてあった。さらに甘粕は右手を印《いん》のような形に組んで、こう唱えた。

「急急如律令《きゆうきゆうにょりつりょう》——。符《ふ》よ、余の命じるところを急急に行え」

途端に紙の札が『ぼっ』と青く燃える。これがなんと『不定形の靄』に貼りついて、幽霊らしき何かの蠕動《ぜんどう》を止めてくれた。静花は叫んだ。

「それ、陰陽師《おんみようじ》の映画で見たことある！」

「そりゃあ説明不要で助かります。ただ、私に安倍晴明《あべのせいめい》ほどの神通力《じんつうりき》はありませんから、どこまで持ち堪《こた》えられるか――ぐはっ!?」

「ええっ!?」

青く燃えて、『不定形の靄』に貼りついていたお札。

これがいきなり甘粕へと飛んで、持ち主の背広に貼りついたのである。青き焔《ほのお》は黒く変色していた。甘粕青年はばたりと倒れて、ぴくぴく痙攣《けいれん》をはじめる。

「甘粕さん!?」

反応はない。昏倒《こんとう》したらしい。静花は愕然《がくぜん》とした。

そして気づけば。もやもやとした――濁った空気のかたまりに取りまかれていた。ぞくぞくする寒気に襲われる、だけではない。

(……酸欠――?)

空気がうすくなったように感じて、意識が遠くなる。

立っていられなくなり、両膝《ひざ》をついてしまった。玉砂利の感触が痛い。さらに強烈な恐怖心がこみあげてくる。

(あたし、このまま死んじゃう……?)

一八年ほど生きてきて、初めて知る恐怖であった。

不定形の靄からは、漠《ばく》たる悪意と憎しみがひしひし伝わってくる。この世の全てを恨《うら》めしく想い、呪詛《じゅそ》をまき散らす。そういう存在なのだと、卒然《そつぜん》と理解できた。

こいつは静花個人をどうとも思っていない。

だから、花でも摘《つ》むようにあっさり殺してしまうはず——。そんなのいやだ。恐怖にまかせて、静花は叫んでいた。

「助けて、お兄ちゃん！　草薙護堂《ごどう》！」

そういえば——

二年前、留学先のミラノへ旅立つ直前。兄・草薙護堂は言っていた。

『おまえがこの先、命の危険を感じるときがあったら、ダメ元で俺の名前を呼んでみろ。もしかしたら、そこに駆けつけるかもしれないぞ』

言われたときは『バカ言わないでよ！』と一喝《いっかつ》したのだが。

今、思わず、兄の入れ知恵どおりに叫んでしまった。

なんて愚かな。しかし、妹がこんなことを本当にしたと知る機会、兄にはもうないはず。なら、べつにいいのか……。

意識が遠のきかけた、その刹那《せつな》。

びゅうっと強風が吹き抜けていくのを静花は感じた。

「……大丈夫か、静花？」

いきなり兄の声を聞いた。まちがいない。草薙護堂の声だった。

「お兄ちゃん!?」

「よう。おまえも元気そう——じゃあ、ないな」

いつのまにか、兄の左腕に抱きとめられていた。

そして、兄は空気をかきまわすように、右腕を大きく振りまわしていた。まさか、この動作が効いたわけでもないだろうに——不定形の靄はきれいに消えている……。

「どういうこと？」

急速に意識がしっかりしてきた。静花はつぶやいた。

さっき感じた風はまだ吹いている。新鮮な空気を運んできてくれたのか、風を浴びるのが妙に心地よい。

この風が怨霊（たたり神？）まで吹き飛ばしてくれたのだろうか——。

非現実的なことを考えながら、静花はまじまじと兄の顔を見あげた。

「……ちょっと背がのびた？」

「すこしだけな。ほんの二、三センチってところだ」

「あたしは止まったままなのに」

「だな。おまえ、中学生のときから見た目もほとんど変わってないぞ」

「そこは大人っぽくなったとか言うところでしょ！　見え透いたお世辞でも！」

「ははは。そうか」

草薙護堂はからりと笑って、静花の体を放した。

そして――倒れたままだった甘粕を助け起こしにいく。昏睡《こんすい》はしていなかったようで、背広姿の青年は力なく笑った。

「こんな形で再会できるとは、本当に意外です」

「ご無沙汰《ぶさた》してました。体の方は大丈夫ですか？」

「ええ、どうにか。いや草薙剣《くさなぎのつるぎ》の霊験《れいげん》、ひさしぶりに拝見いたしましたよ」

兄に起こしてもらい、甘粕青年は苦笑いしていた。

このふたり、知り合い同士だったらしい。それに草薙の――何？　静花が首をかしげていると、にこっと甘粕が笑いかけてきた。

「別名、天叢雲剣《あまのむらくものつるぎ》。偶然にも草薙さんの一族と同じ名前の神剣があるのですけどね。ま、どうでもいいことです。そして」

ちらりと兄を見て、甘粕青年は言った。

「お兄さんには、ひかりさんが連絡していたようですね。ちがいますか？」

「あー。そんなところです。ちょうどいいから、あいつにも会っていきたいですね。あと馨さんとか鷹化のやつにも」

男ふたりで目配せを交わし、口裏でも合わせたように見えた。

しかし、いぶかしむ静花の方へ、兄が近づいてくる――。

「でも今日のところは、ひさしぶりに実家へ帰ります。こいつのことも心配ですし」

「べ、べつに、お兄ちゃんに心配されるようなことは何も——！」

「ないか？　でもやっぱり気になるから、おとなしく兄貴に甘えとけ。今日はこのまま家に帰るぞ。みんなどうしてる？」

「おじいちゃんもお母さんも今日は留守だけど……」

「なんだ、俺たちだけか。なら、どこかで飯でも食っていこう。結局、晩飯を食わずにこっちへ飛んできたから、腹が減ってて」

ぶつぶつ言う兄・草薙護堂の隣を、静花は歩きはじめた。

すこしだけ身長がのびただけではない。横顔もすこしだけ大人びている。向こうでいろいろ苦労しているのかもしれない。

静花は軽く、ふぅとため息をついて。

不可解なあれこれをしばらく忘れることにした。

自分の都合に合わせて、心の棚にいろいろ棚上げする——。草薙家の兄が誇る特技であり、実は妹もしっかり所持するスキルであった。

「どれくらい日本にいるつもりなの、お兄ちゃん？　ていうか、もどってくるなら事前に連絡しといてよ。予定だって空《あ》けなきゃいけないし」

「おまえ、俺が日本にいる間、くっついてるつもりなのかよ？」

「悪い？　べつにいいじゃない。今までさんざん、お兄ちゃんが帰ってくるのを待ってたんだから——。たまにつきあってくれても、罰は当たらないと思うよ」

「えっ？　おまえ、俺のこと待ってたのか？」

「うん」

諸々《もろもろ》のトラブルの直後だからか。ひどく素直にうなずけた。

そんな静花へ、兄・草薙護堂は珍しく神妙な——すまなそうな顔を見せた。

「そうか……。じゃあ、すこし埋め合わせをしないとなあ」

「あたしだけじゃなくて、ひかりや陸くんだって、お兄ちゃんの帰りを待ってたんだから。そっちのケアもちゃんとおねがいね」

「了解だ」

「ま、言いたいことは富士山ほどあるけど、棚上げしてあげる。どこかでご飯食べてさ。早くうちに帰ろうよ」

「おお」

兄と妹——数年ぶりにふたりそろっての帰宅であった。

ずっと帰りを待ちつづけていた相手へ、静花はにっこり笑いかけた。

「お帰りなさい、お兄ちゃん」

かくして、草薙護堂の物語は終幕となる。

彼の新たな冒険、そして東方の軍神が口にした再会の誓いについて、いずれ語られる日が来るかもしれないが——

ここでひとまず筆をおくものとする。

あとがき

物語の終盤で名探偵が関係者を集めて、「さて、みなさん」と謎解きをはじめるのが古き良きミステリーの様式美でした。

が、本シリーズの場合、謎の答えはおおむね本編中で語ることができました。

ここまで追いかけてくださった読者のみなさまのおかげです。

あらためて御礼申し上げます。

この最終巻では本編中でちょこちょこ言及していたパンドラさんがらみのネタまで開陳《かいちん》する次第となりました。「ここまで蔵出しすることになるとは」と、書きながら遠い目をしたものです。

振りかえってみますと本シリーズの一巻、おそらく僕がはじめて書きあげたであろう長編小説でした。あろうというのは「その前に一本、何か書いた気もするんだけど、テキストデータはおろかアイデアのメモさえ見当たらないな！」でして。影も形もないどころか、記憶もあやふやな代物《しろもの》をカウントするのは、まあ、やめておこうかなと（苦笑）。

かようにいいかげんな作者です。

当然、根気強いとは決して言えない性格でして、よくもまあ二一冊もの長期シリーズを続けられたものです。

そのうえアニメ化など、想像もしなかった幸運にも恵まれました。

……僕は遊演体《ゆうえんたい》なる怪《あや》しくも小さなゲーム会社で文章仕事をはじめ、その後、新城《しんじょう》カズマさんのお誘いでエルスウェアなる類似の会社に行ったのですが。あの頃からのつきあいとなる人たちが業界のあちこちで僕と似た仕事をしております。

みんなも、自分も、ずいぶんしぶといものです（苦笑）。

いつのまにか僕の兄弟子的な存在である元ライアーソフトの希《まれに》さんまで小説家になっていますし、言ってるそばから当時の同僚・伊藤《いとう》ヒロ氏がまたしても僕と同じ月、同じレーベルで本を出しております。

新刊を出すタイミング、なぜか彼とは妙にかぶるのです。なんでだ？（笑）

さて。二〇冊分の戦いを積みかさねた結果、二一巻はシリーズで初めて『成長して強くなった主人公！』というテーマで描かれました。

この最終戦をもって、『カンピオーネ！』は一応の完結とあいなります。

一応というのも、われらが主人公の人生と冒険はまだまだ続き、追補編を成立させる余地がたしかにあり、編集サイドからも肯定的《こうてい》なコメントを頂戴《ちょうだい》している等の背景があるからでして、これは真剣に検討すべきかもなと僕自身も思うからであります。

そういえば、いつのまにか週刊少年ジャンプに異動していた初代担当氏のアドバイスだったでしょうか？

「このシリーズのいちばん美しい終わり方はこうだと思うんですよ」

言われて、たしかに「なるほど」と思ったものです。

しかも最終巻で新たなフラグが立ち、『追補編・軍神ふたたび（仮）』の実現もなんとかなりそうな雰囲気です。

近日中ではないにせよ、しっかり勘案《かんあん》すべき課題と言えるでしょう。

……で、唐突に話題を変えますが。

早ければ来月にも発売予定の小説がございまして。

丈月城《たけづきじょう》という作家がですね、ＢＵＮＢＵＮ《ブンブン》さんなる絵師の方と組みまして、ひとつ新作をぶちあげてみようとなったわけです。

テーマは『旅』と『神話』。

神話の筋書きを変えるため、神々の世界を旅する男の子と女の子のお話です。

男の子は割と役立たず気味で、揉《も》めごとは基本的に他力本願というお調子者なのですが、彼は言われます。必要なら神様も殺せと。

そんな彼と、仲間の女の子が神話の世界で奮闘するという内容です。

……念のため断っておきますと、カンピオーネとは関係のない新作です。

二〇巻で仮面の魔王さまがのたまったとおりです。

「そこは人類の誕生しなかった地球かもしれないし、恐竜が絶滅せずに地球の覇者となった世界かもしれない。イエス・キリストが磔刑《たっけい》とはならず、救世主として理想郷を実現させたあとの新世界かもしれない！」

当然、カンピオーネが関係ない世界だって、そこらじゅうにあるわけです。

新作のタイトルは『神域のカンピオーネス』。

何かを連想させるタイトルではありますが、草薙《くさなぎ》護堂《ごどう》は登場しませんし、カンピオーネたちもおりません。が、まあ、もしよろしければ。

先述した追補編、その動向を決定するかもしれない作品です。

気になる読者さまには、是非追いかけていただきたいなとお願い申し上げます。

……二〇冊以上も丈月城とおつきあいいただいたみなさまには、本巻の後半を読んだ時点で何をするつもりかお見通しかもしれませんが、そのときはひとつ生あたたかい目で見守っていただければと（苦笑）。

実は完結を機に、ぐだぐだ無駄話を展開してみたい気持ちもあります。

軍神ウルスラグナの資料についての四方山話《よもやまばなし》とか、どうしてタイトルがcampioneなのかとか、カンピオーネたちのプロフィール完全版とか。

しかし、ページ数がちょっと――いえ、だいぶ（苦笑）足りません。

すこし前に完結した拙作《せっさく》『クロニクル・レギオン』では、そういう書き物を巻末用語集として掲載しておりましたが、あれはなかなか手がかかります。デザイナーさんにいじってもらう必要があったり、無理矢理ひねり出したスペースに収めるため徒然《つれづれ》に書きつづったはずの文章を大量に削ったり。

で、こういう話はネットですればいいのかとも考えたのですが――

「ブログとかインスタとかフェイスブックとか、ちょっと敷居が高いよね！」

いえね。今までSNS等を何も利用していなかったのは、インスタ映《ば》えしそうな私生活とは縁がなく、「新刊の告知しかしなさそうだな！」だったもので。

Twitterなら、まあいけると思うのですが、あれは長文掲載に向いていない（苦笑）。

とはいえ、考えてみればカンピオーネの設定とか、うんちくをからめた与太話《よたばなし》を見たいという声をときどき寄せられることもありました。そういうニッチな需要にお応《こた》えするための場を試験的に運用してみるのもいいかもしれません。

Twitterとnoteか何かを併用する形で読み物を用意してみますので、ご興味おありの方はひとつ丈月城のアカウントを探してみてください。

最後に、ここまでおつきあいくださいましたみなさまへ。
今まで本当にありがとうございました。

長年に亘りご愛読いただき
ありがとうございました！
しこるすきー

ダッシュエックス文庫

カンピオーネ!
XXI　最後の戦い

丈月 城

2017年11月27日　第1刷発行

★定価はカバーに表示してあります

発行者　鈴木晴彦
発行所　株式会社　集英社
〒101−8050　東京都千代田区一ツ橋2−5−10
03(3230)6229(編集)
03(3230)6393(販売／書店専用) 03(3230)6080(読者係)
印刷所　凸版印刷株式会社

ISBN978-4-08-631215-8 C0193

ダッシュエックス文庫

クロニクル・レギオン
軍団襲来
丈月 城
イラスト／BUNBUN

クロニクル・レギオン2
王子と獅子王
丈月 城
イラスト／BUNBUN

クロニクル・レギオン3
皇国の志士たち
丈月 城
イラスト／BUNBUN

クロニクル・レギオン4
英雄集結
丈月 城
イラスト／BUNBUN

皇女は少年と出会い、革命を決意した――。最強の武力「レギオン」を巡り幻想と歴史が交叉《クロス》する！　極大ファンタジー戦記、開幕！

維新同盟を撃退した征継《まさつぐ》たちに新たに立ちはだかる大英雄、リチャードⅠ世。獅子心王の異名を持つ伝説の英国騎士王を前に征継は!?

特務騎士団「新撰組」副長征継VS黒王子エドワード、箱根で全面衝突！　一方の志緒理《しおり》は、歴史の表舞台に立つため大胆な賭けに出る!!

臨済高校のミスコンに皇女・志緒理、立夏《りっか》までが出場することになり!?　しかも征継不在の隙を衝いて現女皇・照姫《てるひめ》の魔の手が迫る!!

封神演戯2
森田季節
イラスト／むつみまさと

封神演戯3
森田季節
イラスト／むつみまさと

若者の黒魔法離れが深刻ですが、就職してみたら待遇いいし、社長も使い魔もかわいくて最高です！
森田季節
イラスト／47AgDragon《しるばーどらごん》

若者の黒魔法離れが深刻ですが、就職してみたら待遇いいし、社長も使い魔もかわいくて最高です！2
森田季節
イラスト／47AgDragon《しるばーどらごん》

仙界大戦勃発!! 殷《いん》の存亡をめぐり金鰲《きんごう》との全面対決に際して策を練る太公望。その頃人間界では妲己《だっき》姉妹と紂王《ちゅうおう》が不穏な動きを…!?

ついに聞仲《ぶんちゅう》が崑崙《こんろん》に乗り込んできた。元始天尊をも超える強さの彼女に、太公望たちはどうやって挑むのか…激動のクライマックス!!

やっとの思いで決まった就職先は、悪評高い黒魔法の会社！ でも実際はホワイトすぎる環境で、ゆるく楽しい社会人生活が始まる！

使い魔のお見合い騒動があったり、もらった領地が超過疎地だったり…。事件続発でも、黒魔法会社での日々はみんな笑顔で超快適！